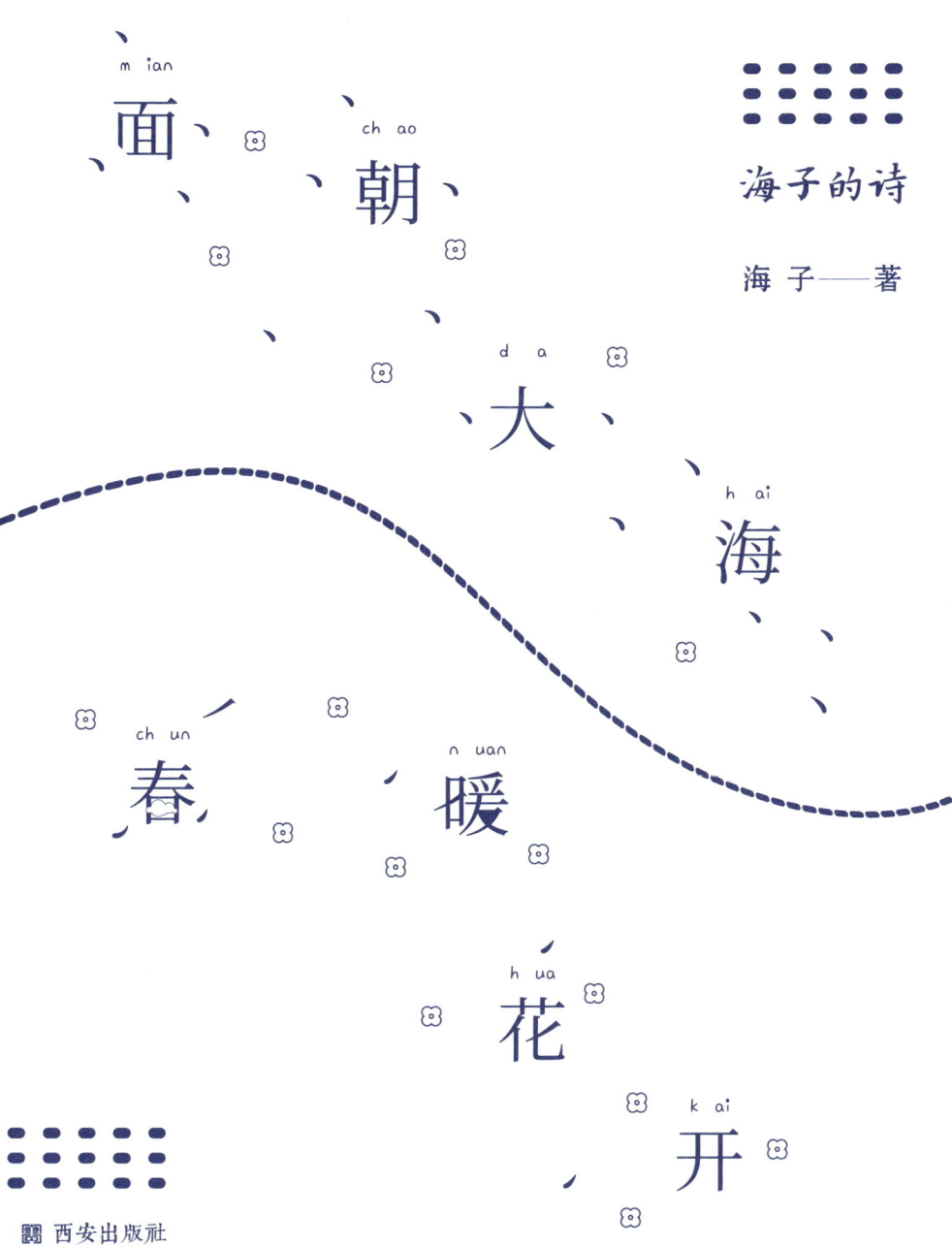

面朝大海 春暖花开

海子的诗

海子——著

西安出版社

我的诗歌理想是在中国成就一种伟大的集体的诗。——海子

面朝
大海

Facing
the
sea,

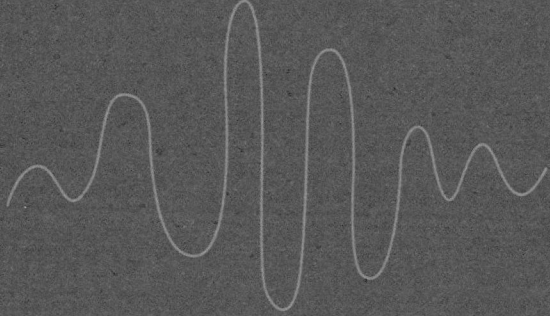

Spring
blossoms

春暖
花开

目录
Content

活在珍贵的人间	002
山楂树	003
大风	004
跳伞塔	005
写给脖子上的菩萨	007
早祷与枭（组诗）	009
黎明和黄昏	014
灯	019
四姐妹	022
为了美丽	024
秋日黄昏	025

活在珍贵的人间

人类和
植物
一样幸福
爱情和
雨水
一样幸福

目录

Content

麦地与诗人	030
北斗七星 七座村庄——献给萍水相逢的额济纳姑娘	032
大自然	034
吊半坡并给擅入都市的农民	035
眺望北方	037
燕子和蛇（组诗）	039
我飞遍草原的天空	045
在大草原上预感到海的降临	047
让我把脚丫搁在黄昏中一位	048
木匠的工具箱上	
农耕民族	049

麦地与诗人

起风了
太阳的音乐
太阳的马

目录
Content

长发飞舞的姑娘（五月之歌）	052
日记	053
你的手	054
太平洋上的贾宝玉	055
在昌平的孤独	056
九月	057
亚洲铜	058
七月的大海	059
坛子	060
历史	062

日记

草原尽头
我两手空空
悲痛时握不住
颗泪滴

目录
○○
Content

女孩子 066

你和桃花 067

面朝大海，春暖花开 069

新娘 070

海上婚礼 071

无名的野花 072

幸福（或我的女儿叫波兰） 074

夜色 075

蓝姬的巢 076

云朵 078

肆 four

面朝大海,春暖花开

从明天起
做一个
幸福的人
喂马、劈柴、
周游世界

目录 ○○ Content

莲界慈航	082
浑曲	084
明天醒来我会在哪一只鞋子里	085
我的窗户里埋着一只为你祝福的杯子	087
海子小夜曲	088
祖国（或以梦为马）	089
雪	092
黑风	094
黑翅膀	096
冬天的雨	097
秋日想起春天的痛苦 也想起雷锋	100
夜月	101

海子小夜曲

是谁
这么说过
海水要走了
要到处看看

目录 ○○ Content

西藏 113

青海湖 114

敦煌 115

怅望祁连（之一）116

怅望祁连（之二）117

为什么你不生活在沙漠上 118

在一个阿拉伯沙漠的村镇上 120

单翅鸟 124

船尾之梦 126

陆 SIX

远方

远方
除了遥远
一无所有

北方门前

东方山脉

阿尔的太阳

远方

111
109
105
104

目录 00 Content

给B的生日	130
给你（组诗）	131
肉体（之一）	134
肉体（之二）	135
生殖	137
土地·忧郁·死亡	138
马、火、灰——鼎	139
不幸（组诗）——给荷尔德林	141
自杀者之歌	147
枫	148
春天，十个海子	150

柒 seven

春天，十个海子

春天
十个海子
全部复活
在光明的
景色中

目录
○○ Content

十四行：王冠　　162

公爵的私生女——给波德莱尔　　163

诗人叶赛宁（组诗）　　165

水抱屈原　　175

给托尔斯泰　　176

给卡夫卡　　178

尼采，你使我想起悲伤的热带　　179

黑夜的献诗——献给黑夜的女儿　　182

太阳·弥赛亚　　184

献诗　　184

太阳　　185

原始史诗片段　　195

　　224

诗集

- 诗集 珠宝的粪筐 … 154
- 两行诗 … 156
- 四行诗 … 158
- 诗集 … 159
- 半截的诗 … 160
- 十四行：玫瑰花 …

第壹部分

活在珍贵的人间

人类和植物
一样幸福
爱情和雨水
一样幸福

活在
珍贵的
人间

太阳强烈
水波温柔
一层层白云覆盖着
我踩在青草上
感到自己是彻底干净的
黑土块
活在这珍贵的人间
泥土高溅
扑打面颊
活在这珍贵的人间
人类和植物一样幸福
爱情和雨水一样幸福

1985.1.12

今夜我不会遇见你

今夜我遇见了世上的一切

但不会遇见你

一棵夏季最后

火红的山楂树

像一辆高大女神的自行车

像一个女孩

畏惧群山

呆呆站在门口

她不会向我跑来

我走过黄昏

像风吹向远处的平原

我将在暮色中抱住一棵孤独的树干

山楂树！一闪而过！啊！山楂

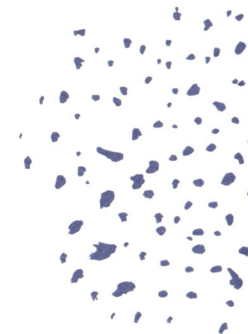

山楂树

我要在你火红的乳房下坐到天亮

又小又美丽的山楂的乳房

在高大女神的自行车上

在农奴的手上

在夜晚就要熄灭

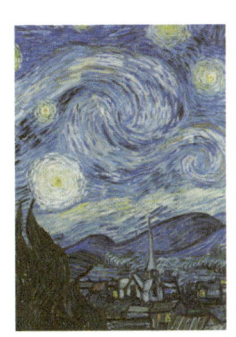

1988.6.8—10

大风

起风的黄昏好像
去年秋天
树木损伤的香味
弥漫四周

想她头发飘飘
面颊微微发凉
守着她的母亲
抱着她的女儿
坐在盆地中央
坐在她的家中

黄昏幽暗降临
大风刮过天空
万风之王起舞
化为树木受伤

1988.2.4

我在一个北方的寂寞的上午
一个北方的上午
思念着一个人

我是一些诗歌草稿
你是一首诗

跳伞塔

我想抱着满山火红的杜鹃花
走入静静的跳伞塔

我清楚地意识到
前面就是一条大河
和一个广大的北方平原

美丽总是使我沉醉

已经有人
开始照耀我
在那偏僻拥挤的小月台上
你像星星照耀我的路程

在这座山上

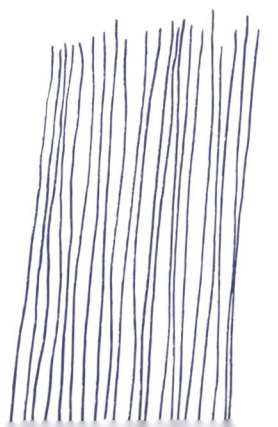

为什么我只看见
这么一棵美丽的杜鹃

我只看见过这么一棵
果然火红而美丽

我在这个夜晚
我住在山腰
房子里
我的面前充满了泉水
或溪涧之水的声音

静静的跳伞塔
心醉的屋子,你打开门
让我永远在这幸福的门中

北方,那片起伏的山峰
远远的
只有九棵树

1988.4.23

写给脖子上的菩萨

呼吸，呼吸
我们是装满热气的
两只小瓶
被菩萨放在一起

菩萨是一位很愿意
帮忙的
东方女人
一生只帮你一次

这也足够了
通过她
也通过我自己
双手碰到了你，你的呼吸

两片抖动的小红帆
含在我的唇间
菩萨知道
菩萨住在竹林里
她什么都知道
知道今晚
知道一切恩情
知道海水是我
洗着你的眉
知道你就在我身上呼吸，呼吸

菩萨愿意
菩萨心里非常愿意
就让我出生
让我长成的身体上
挂着潮湿的你

1985.4

早祷与枭

早祷时刻

请你接住我

枭用胸脯接住我

你要忍痛带走我

我是赠给你的爱情

我是赠给你的子弹

钟声,钟声响了

眼睛全部打开

我变成一只船

死在沙漠的枭

其实也足以死在

二十丈桅杆上

一匹意外的骆驼

带水而来

C

哭声从船的那一头传到
这一头
装满了新娘
她们搓手而坐
焦黄的脸
留下居住的只有瞳仁
放光的瞳仁

河岸上
几个小偷走过来
几个小偷是树

月亮被枭泪洗过又洗

D

岁月吹落了四季之帽
——埋下
淡色的花朵盛开
只为小痛小苦

在土地上
傻张着嘴
他不言又不语
枭，枭又不能怎样

呀，谁愿意与我
一前一后走过沼泽
派一个人先死
另一位完成埋葬的义务

E

在这个时刻

永远分别是唯一的理由

F

死后

风抬起你

火速前进

十指

在风中

张开如枭住的小巢

死后

几只枭

分吃了你

小南风细细如笛地吹在下午

所有的小蜻蜓

都找不到你的坟墓

G

太阳太远了

否则我要埋在那里

H

早祷,早祷三遍

黎明是一条亮丽之虹

吃下了无数灯

他变得更加明亮

他一头三尾

沉落在四方

沉落在你的肩膀上

你揉揉眼睛

一只小枭

爬出窗户

获得天空

I

早祷,早祷四遍
要想着爱情的黄昏、黄昏
牧羊人的绝壁上
太阳
一葬就是千里

枭,飞过来,飞过来
这时辰已属于你
结巢,结缘
已黑的天空坐满了头顶
多少次
人间的寻找
其实是防止丢失

杂乱之翅尚未长成
也好
我苦坐苦等
我的身体是一家院子
你进入时不必声张

早祷时刻
七个未婚的老头
躺在床上
眉毛挂霜地
梦到了枭

1985.4

黎明和黄昏

两次嫁妆
两位姐妹

黄昏自我断送
夜色美好
夜色在山上越长越大

马与羊，钻出石头
在山上越长越大

白雪飘落，在这个黄昏
向我隐隐献出
她们自己

我的秘密的女神
我该用怎样的韵律
告诉你，侍奉你
我该用怎样的流血
在山头舔好自己的伤口
了望一望无际的大地
以此慰藉

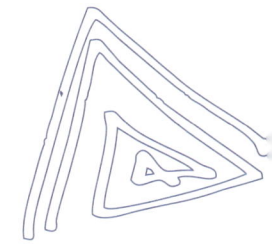

以"遗忘"为伴侣

我将把自己带出那些

可以辨认嘴脸的火把之光

从此踏上无可救药的道路

把肉体当作草原上最后的帐篷

那些神秘的编织女人

纺轮被黄昏的天空映得泛红

血液颜色的轮轴,一夜作响

我屈从于她们

死于剑下的晚霞的姐妹

在夜色中起飞

我屈从于黄昏秘密的飞行

肉体回到黑夜的高空

两半血红的月亮抱在一起

迟至今日

我仍难以诉说

那些背叛父母和家园
却热爱生活的人
为什么要和我结伴上路

我的青春，我的几卷革命札记
被道路上的难民镌刻在一只乞讨生活的木碗上
那只碗曾盛过殷红如血的晚霞和往日一切生活

在死到临头
他是否摔碎
还是留传孩子

晚霞燃烧
厄运难逃
我在人生的尽头
抱住一位宝贵的诗人痛哭失声
却永远无法改变自己的命运

我就是那位被人拥抱的诗人

宝贵的诗人

看见晚霞映照草原

内心痛苦甚于别人

人类犹如黄昏和夜晚的灰烬

散布在河畔,忧伤疲倦

人类犹如火种的脚,在大地上行走

晚霞充满大火和焦味

一望无际

伸展在平原和荒凉的海滩

两半血红的月亮抱在一起

那是诗人孤独的王座

愿有情人终成眷属

愿麦子和麦子长在一起

愿河流与河流流归一处

浩瀚无际的河水顺着夜色流淌
神秘的流浪国王
在夜色中回到故乡

城市破碎
流浪的国王
我为你歌唱

夜色使平原广大
使北方无限,使烈火吹遍
把北方无尽的黄昏抬向滚滚高空
黎明更高,铺在海洋上

1987

灯

我们坐在灯上

我们火光通明

我们做梦的胳膊搂在一起

我们栖息的桌子飘向麦地

我们安坐的灯火涌向星辰

灯光,我明丽又温暖

的橘黄的雪

披上新娘的微黄的发辫

灯

只有你

你仿佛无鞋

你总是行色匆匆

灯,你的名字

掌在我手上

灯,月亮上

亮起的心

和眼睛

灯

躲在山谷

躲在北方山顶的麦地

灯啊

我们做梦的房子飘向麦田

桌子上安放求婚的杯盏

祈求和允诺的嘴唇

是灯

灯

一丛美丽

暖和

一个名字

我的秘密

我的新娘

叫小灯

灯

明天的雪中新娘

安坐屋中

你为什么无鞋

你为什么

竖起一根通红的手指

挡住出嫁日期

1987

四姐妹

荒凉的山冈上站着四姐妹
所有的风只向她们吹
所有的日子都为她们破碎

空气中的一棵麦子
高举到我的头顶
我身在这荒芜的山冈
怀念我空空的房间,落满灰尘

我爱过的这糊涂的四姐妹啊
光芒四射的四姐妹
夜里我头枕卷册和神州
想起蓝色远方的四姐妹
我爱过的这糊涂的四姐妹啊
像爱着我亲手写下的四首诗
我的美丽的结伴而行的四姐妹
比命运女神还要多出一个
赶着美丽苍白的奶牛,走向月亮形的山峰

到了二月,你是从哪里来的

天上滚过春天的雷,你是从哪里来的

不和陌生人一起来

不和运货马车一起来

不和鸟群一起来

四姐妹抱着这一棵

一棵空气中的麦子

抱着昨天的大雪,今天的雨水

明日的粮食与灰烬

这是绝望的麦子

请告诉四姐妹:这是绝望的麦子

永远是这样

风后面是风

天空上面是天空

道路前面还是道路

1989.2.23

为了美丽

为了美丽
我砸了一个坑
也是为了下雨

清亮的积水上
高一只
低一只
小雨儿如鸟

羽毛湿湿
掀动你的红头巾
都是为了美丽

摸着裤带的小男孩
那时刻
戴一只黑帽子

1985.1

秋日黄昏

火焰的顶端
落日的脚下
茫茫黄昏,华美而无上
在秋天的悲哀中成熟

日落大地,大火熊熊
烧红地平线滚滚而来
使人壮烈,使人光荣与寿同在
分割黄昏的灯
百姓一万倍痛感黑夜来临
在心上滚动万寿无疆的言语

时间的尘土,抱着我
在火红的山冈上跳跃
没有谁来应允我
万寿无疆或早天襁褓

相反的是,这个黄昏无限痛苦

无限漫长，令人痛不欲生
切开血管
落日殷红

愿有情人终成眷属
愿爱情保持一生
或者相反，极为短暂，匆匆熄灭
愿我们从此再不提起

再不提起过去
痛苦与幸福
生不带来，死不带去
唯黄昏华美而无上

1987.9.3草稿

1987.10.4改

第 贰 部分

麦地与诗人

起风了
太阳的音乐
太阳的马

麦地与诗人

询问

在青麦地上跑着
雪和太阳的光芒

诗人,你无力偿还
麦地和光芒的情义

一种愿望
一种善良
你无力偿还

你无力偿还
一颗放射光芒的星辰
在你头顶寂寞燃烧

答复

麦地
别人看见你
觉得你温暖,美丽
我则站在你痛苦质问的中心
被你灼伤
我站在太阳　痛苦的芒上

麦地
神秘的质问者啊

当我痛苦地站在你的面前
你不能说我一无所有
你不能说我两手空空

麦地啊,人类的痛苦
是他放射的诗歌和光芒

1987

北斗七星
七座村庄

献给
萍水相逢的
额济纳姑娘

村庄
水上运来的房梁
漂泊不定
还有十天
我就要结束漂泊的生涯
回到五谷丰盛的村庄
废弃果园的村庄
村庄
是沙漠深处你所居住的地方
额济纳

秋天的风早早地吹
秋天的风高高地吹
静静面对额济纳
白杨树下我吹灭你的两只眼睛

额济纳

大沙漠上静静地睡

额济纳姑娘

我黑而秀美的姑娘

你的嘴唇在诉说

在歌唱

五谷的风儿吹过骆驼和牛羊

翻过沙漠

你是镇子上最令人难忘的姑娘

1986

大自然

让我来告诉你
她是一位美丽结实的女子
蓝色小鱼是她的水罐
也是她脱下的服装
她会用肉体爱你
在民歌中久久地爱你

你上上下下瞧着
你有时摸到了她的身子
你坐在圆木头上亲她
每一片木叶都是她的嘴唇
但你看不见她
你仍然看不见她

她仍在远处爱着你

吊半坡并给擅入都市的农民

我

径直走入

潮湿的泥土

堆起小小的农民——对粮食的嘴

停留在西安

多少首饰的外围

多少次擅入都市

像水、血和酒——这些农夫的车辆

运送着河流，生命和欲望

父亲是死在西安的血

父亲是粮食

和丑陋的酿造者

唱歌的嘴

食盐的嘴

填充河岸的嘴

朝着无穷的半坡
粘土守着粘土之上小小的陶器作坊
一条肤浅而粗暴的沟外站立

瓮内的白骨飞走了那些美丽少女
半坡啊，再说
受孕也不是我一人的果实
实在需要死亡的配合

盲目的语言中有血和命运
而俘虏回乡
自由的血也有死亡的血
智慧的血也有罪恶的血

1985.11草稿

1987.7.14改

眺望北方

我在海边为什么却想到了你
不幸而美丽的人,我的命运
想起你,我在岩石上凿出窗户
眺望光明的七星
眺望北方和北方的七位女儿
在七月的大海上闪烁流火
为什么我用斧头饮水,饮血如水
却用火热的嘴唇来眺望
用头颅上鲜红的嘴唇眺望北方
也许是因为双目失明
那么我就是一个盲目的诗人
在七月的最早几天
想起你,我今夜跑尽这空无一人的街道
明天,明天起来后我要重新做人
我要成为宇宙的孩子、世纪的孩子
挥霍我自己的青春

然后放弃爱情的王位

去做铁石心肠的船长

走遍一座座喧闹的都市

我很难梦见什么

除了那第一个七月

永远的七月

七月是黄金的季节啊

当穷苦的人在渔港里领取工钱

我的七月萦绕着我

像那条爱我的孤单的蛇

——她将在痛楚苦涩的海水里

度过一生

1987.7 草稿 1988.3 改

① 离合

美丽在春天

疼成草叶

一种三节的草

爱你成病

美丽在天上

鸟是拖鞋

长草的拖鞋

嘴埋在水里

美丽在水里

鱼是草的棺材

一种草

一种心尖上的草

美丽在草原上

枕着鹿头

燕子
和蛇

三位姑娘
——写给莱蒙托夫不幸的爱情

我看见

莱蒙托夫的旧报纸上

三只燕子

三只肉体的燕子

使我的灯光

受伤

用手指推推

不醒的

你自己

扶着自己

像扶着一匹笨马

燕子交叉地

用手指推推身边的燕子

穿过

我不是

诗人的胳膊

灯,我是火灾

落人家俱的间间新房

只当诗人就是笨马

过早到死在上

③ 包谷地

丑女人脊背上有条条花蛇
花蛇滑下，她就坐在那儿繁殖包谷
幸福又痛苦
我要说
没有男人能配得上她

丑女人脊背上有种种命运
命运降临，她只坐在那儿繁殖包谷
河水泛滥流过无数美丽的女人
我要说
没有女人能比得上她

4 母亲的姻缘

白鱼流过

桃树树根

嘴唇碰破在桃花上

母亲的姻缘

真是好姻缘

一碗泥

一碗水

半截木梳插在地上

母亲的姻缘

真是好姻缘

秤杆上天空的星星压住

半两土

半两雪

母亲的姻缘

真是好姻缘

村庄,村庄

木桶中女婴摇晃

村庄,村庄

母亲的姻缘

真是好姻缘

她沉在何方

谁也不清楚

村庄中一枚痛苦的小戒指

母亲的姻缘

真是好姻缘

鱼尾之上

灯盏敲门

一团泥巴走进屋来

母亲的姻缘

真是好姻缘

5 手

离开劳动

和爱情,我的手

变成自我安慰的狗

这两只狗

一样的

孤独

在我脸上摸索

擦掉眼泪

这是不是我的狗

是不是我最后的家乡的狗

鱼

村民像牛一样撞进屋子

亲他的妻子

又数着

十二粒麦种

内陆深处

我跪在一条鱼身上

整个村庄是我的儿子

再长的爱情也不算久

嘿，你刚好被我想起

我在鱼身上写下少女的名字

一边询问一边自己回答

女巫的嘴唇一开一合

真诚的爱情

真诚的爱情错误百出

整个村庄是你的儿子

河流噢河

再美的爱情也不像花朵

人类的泪水养家糊口

人类的泪水中

鱼群像草一样生长

泪水噢河

整个村庄是我们的儿子

村民像牛一样撞进屋子

亲他的妻子

我飞遍草原的天空

草原上的天空不可阻挡
互相击碎的刀剑飞回家乡
佩在姐妹的脖子上
让乳房裸露，子夜的金银顺河流淌

月亮啊，月亮
把新娘的尸体抬到草原上
一只野花的杯子里，鬼魂千万
"我死在野花杯中，我也是一条命啊"

不可饶恕草原上的鬼魂
不可饶恕杀人的刀枪
不可饶恕埋人的石头
更不可饶恕，天空

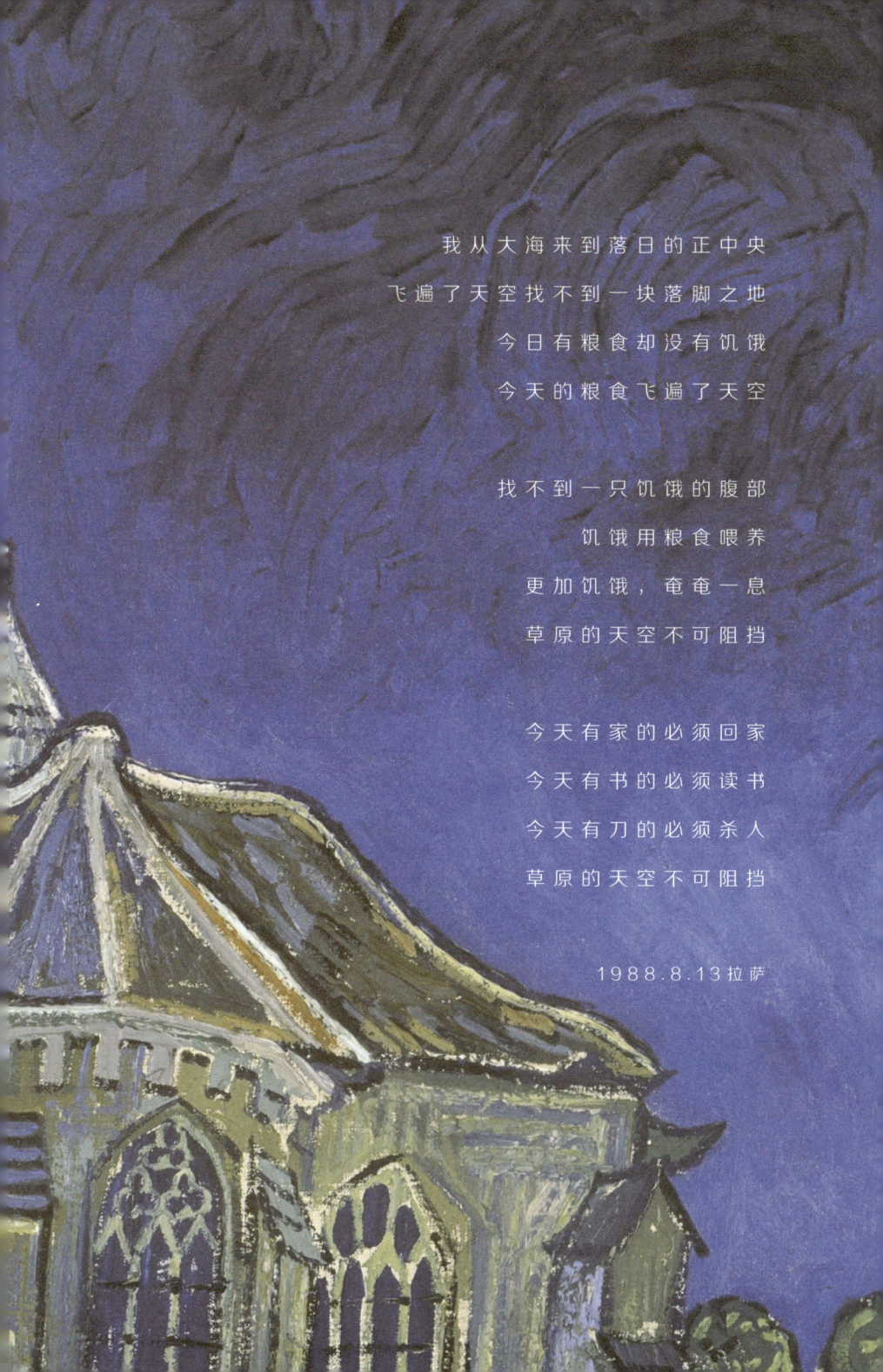

我从大海来到落日的正中央
飞遍了天空找不到一块落脚之地
今日有粮食却没有饥饿
今天的粮食飞遍了天空

找不到一只饥饿的腹部
饥饿用粮食喂养
更加饥饿,奄奄一息
草原的天空不可阻挡

今天有家的必须回家
今天有书的必须读书
今天有刀的必须杀人
草原的天空不可阻挡

1988.8.13 拉萨

我的双手触到草原
黑色孤独的夜的女儿

我为我自己铺下干草
夜的女儿,我也为你

牧羊女打开自己——
一只黑色的羊
蹲伏在你的腹部

多么温暖的火红的岩石
多么柔软地躺在马车上
月亮形的马,进入了海底

一夜之间,草原是如此遥远
如此深厚,如此神秘
海也一样
一夜之间
草贴着地长
你我都是草中的羊

1988(?).11.20

在
大草原上
预感到
海的降临

让我把脚丫
搁在
黄昏中
一位木匠的
工具箱上

我坐在中午，苍白如同水中的鸟
苍白如同一位户内的木匠
在我钉成一支十字木头的时刻
在我自己故乡和门前
对面屋顶的鸟
有一只苍老而死

是谁说，寂静的水中，我遇见了这只苍老的鸟

就让我歇脚在马厩之中
如果不是因时辰不好
我记得我自己来自一个更美好的地方
让我把脚丫搁在黄昏中一位木匠的工具箱上
或者让我的脚丫在木匠家中长成一段白木
正当鸽子或者水中的鸟穿行于未婚妻的腹部
我被木匠锯子锯开，做成木匠儿子
的摇篮。十字架

1986.6.15

在发蓝的河水里

洗洗双手

洗洗参加过古代战争的双手

围猎已是很遥远的事

不再适合

我的血

把我的宝剑

盔甲

以至王冠

都埋进四周高高的山上

北方马车

在黄土的情意中住了下来

而以后世代相传的土地

正睡在种子袋里

1983

农耕
民族

第叁部分

日记

草原尽头
我两手空空
悲痛时
握不住一颗泪滴

长发飞舞的姑娘

五月之歌

玫瑰谢了,玫瑰谢了
如早嫁的姐妹漂落,漂落四方
我红色的姐姐,我白色的妹妹
大地和水挽留了她们、熄灭了她们
她们黯然熄灭,永远沉默却是为何
姐妹们,你们能否告诉我
你们永久的沉默是为了什么

长发飞舞的黑眼睛姑娘
不像我的姐姐,也不像妹妹
不似早嫁的姐妹迟迟不归

如今我坐在街镇的一角
为你歌唱,远离了五谷丰盛的村庄

1987.5

姐姐,今夜我在德令哈,夜色笼罩

姐姐,我今夜只有戈壁

草原尽头我两手空空

悲痛时握不住一颗泪滴

姐姐,今夜我在德令哈

这是雨水中一座荒凉的城

除了那些路过的和居住的

德令哈……今夜

这是唯一的,最后的,抒情

这是唯一的,最后的,草原

我把石头还给石头

让胜利的胜利

今夜青稞只属于她自己

一切都在生长

今夜我只有美丽的戈壁,空空

姐姐,今夜我不关心人类,我只想你

1988.7.25火车经过德令哈

你的手

北方
拉着你的手
手
摘下手套
她们就是两盏小灯

我的肩膀
是两座旧房子
容纳了那么多
甚至容纳过夜晚
你的手
在他上面
把他们照亮

于是有了别后的
早上
在晨光中
我端起一碗粥
想起隔山隔水的
北方
有两盏灯

只能远远地抚摸

1985.2

太平洋上的贾宝玉

贾宝玉,太平洋上的贾宝玉

太平洋上:粮食用绳子捆好

贾宝玉坐在粮食上

美好而破碎的世界

坐在粮食和酒上

美好而破碎的世界,你口含宝石

只有这些美好的少女

美好而破碎的世界,旧世界

只有茫茫太平洋上这些美好的少女

太平洋上粮食用绳子捆好

从山顶洞到贾宝玉用尽了多少火和雨

1989

在昌平的孤独

孤独是一只鱼筐
是鱼筐中的泉水
放在泉水中

孤独是泉水中睡着的鹿王
梦风的猎鹿人
就是那用鱼筐提水的人

以及其他的孤独
是柏木之舟中的两个儿子
和所有女儿,围着诗经桑麻沅湘木叶
在爱情中失败
他们是鱼筐中的火苗
沉到水底

拉到岸上还是一只鱼筐
孤独不可言说

1986

九月

目击众神死亡的草原上野花一片
远在远方的风比远方更远
我的琴声呜咽,泪水全无
我把这远方的远归还草原
一个叫马头,一个叫马尾
我的琴声呜咽,泪水全无

远方只有在死亡中凝聚野花一片
明月如镜高悬草原映照千年岁月
我的琴声呜咽,泪水全无
只身打马过草原

1986

亚洲铜

亚洲铜,亚洲铜
祖父死在这里,父亲死在这里,我也将死在这里
你是唯一的一块埋人的地方

亚洲铜,亚洲铜
爱怀疑和飞翔的是鸟
淹没一切的是海水
你的主人却是青草
住在自己细小的腰上
守住野花的手掌和秘密

亚洲铜,亚洲铜
看见了吗?那两只白鸽子
它是屈原遗落在沙滩上的白鞋子
让我们——我们和河流一起,穿上它吧

亚洲铜,亚洲铜
击鼓之后
我们把在黑暗中跳舞的心脏叫作月亮
这月亮主要由你构成

1984.10

七月的大海

老乡们

谁能在海上见到你们真是幸福

我们全都背叛自己的故乡

我们会把幸福当成祖传的职业

放下手中痛苦的诗篇

今天的白浪真大!老乡们,他高过你们的粮仓

如果我中止诉说,如果我意外地忘却了你

把我自己的故乡抛在一边

我连自己都放弃,更不会回到秋收农民的家中

在七月我总能突然回到荒凉

赶上最后一次

我戴上帽子,穿上泳装,安静地死亡

在七月我总能突然回到荒凉

坛子

这就是我张开手指所要叙说的故事
那洞窟不会在今夜关闭
明天夜晚也不会关闭
额头披满钟声的
土地
一只坛子

我头一次也是最后一次进入这坛子
因为我知道只有一次
脖颈围着野兽的线条
水流拥抱的

坛子
长出朴实的肉体

这就是我所要叙说的事

我对你这黑色盛水的身体并非没有话说

敬意由此开始，接触由此开始

这一只坛子，我的土地之上

从野兽演变而出的

秘密的脚

在我自己尝试的锁链之中

正好我把嘴唇埋在坛子里，河流

糊住四壁，一棵又一棵

栗树像伤疤在周围隐隐出现

而女人似的故乡

双双从水底浮上

询问生育之事

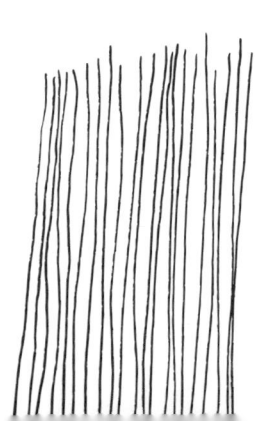

历史

我们的嘴唇第一次拥有

蓝色的水

盛满陶罐

还有十几只南方的星辰

火种

最初忧伤的别离

岁月呵

你是穿黑色衣服的人

在野地里发现第一枝植物

脚插进土地

再也拔不出

那些寂寞的花朵

是春天遗失的嘴唇

岁月呵,岁月

公元前我们太小

公元后我们又太老

没有人见到那一次真正美丽的微笑

那我还是举手敲门

带来的象形文字

撒落一地

岁月呵

岁月

到家了

我缓缓摘下帽子

靠着爱我的人

合上眼睛

一座古老的铜像坐在墙壁中间

青铜浸透了泪水

岁月呵

1984

第肆部分

面朝大海,春暖花开

从明天起
做一个幸福的人
喂马、劈柴、周游世界

女孩子

　　　　　她走来
　　　断断续续走来
　　　　洁净的脚印
　　　沾满清凉的露水
　　　　她有些忧郁
　　望望用泥草筑起的房屋
　　　　　望望父亲
　　　她用双手分开黑发
　一枝野桃花斜插着默默无语
　　　　另一枝送给了谁
　　　　却从没人问起
　　　　　春天是风
　　　　　秋天是月亮
　　　　在我感觉到时
　　　她已去了另一个地方
　那里雨后的篱笆像一条蓝色的
　　　　　　小溪

你和桃花

旷野上头发在十分疲倦地飘动
像太阳飞过花园时留下的阳光

温暖而又有些冰凉的桃花
红色堆积的叛乱的脑髓

部落的桃花，水的桃花，美丽的女奴隶啊
你的头发在十分疲倦地飘动
你脱下像灯火一样的裙子，内部空空
一年又一年，埋在落脚生根的地方

刀在山顶上呼喊"波浪"
你就是桃花，层层的波浪
我就是波浪和灯光中的刀

旷野上
一把刀的头发像灯光明亮
刀的头发在十分疲倦地飘动
那就是桃花
我们在愤怒的河谷滋生的欲望
围着夕阳下建设简陋的家乡

桃花,像石头从血中生长
一个火红的烧毁天空的座位
坐着一千个美丽的女奴
坐着一千个你

1987草稿

1989.3.14改

面朝大海 春暖花开

从明天起，做一个幸福的人

喂马、劈柴、周游世界

从明天起，关心粮食和蔬菜

我有一所房子，面朝大海，春暖花开

从明天起，和每一个亲人通信

告诉他们我的幸福

那幸福的闪电告诉我的

我将告诉每一个人

给每一条河每一座山取一个温暖的名字

陌生人，我也为你祝福

愿你有一个灿烂的前程

愿你有情人终成眷属

愿你在尘世获得幸福

我只愿面朝大海，春暖花开

1989.1.13

新娘

故乡的小木屋、筷子、一缸清水

和以后许许多多日子

许许多多告别

被你照耀

今天

我什么也不说

让别人去说

让遥远的江上船夫去说

有一盏灯

是河流幽幽的眼睛

闪亮着

这盏灯今天睡在我的屋子里

过完了这个月，我们打开门

一些花开在高高的树上

一些果结在深深的地下

1984.7

海湾

蓝色的手掌

睡满了沉船和岛屿

一对对桅杆

在风上相爱

或者分开

海上婚礼

风吹起你的

头发

一张棕色的小网

撒满我的面颊

我一生也不想挣脱

或者如传说那样

我们就是最早的

两个人

住在遥远的阿拉伯山崖后面

苹果园里

蛇和阳光同时落入美丽的小河

你来了

一只绿色的月亮

掉进我年轻的船舱

无名的野花

看不见你，十六岁的你
看不见无名的、芳香的
正在开花的你

看不见提着鞋子，在雨中
走在大草原上的
恍惚的女神

看不见你，小小的年纪
一身红色地走在
空荡荡的风中

来到我身边
你已经成熟
你的头发垂下像黑夜

我是黑夜中孤独的僧侣
埋下种籽在石窟中
我将这九盏灯
嵌入我的肋骨

无论是白色的还是绿色的
起自天堂或地府的
青海湖上的大风
吹开了紫色血液
开上我的头颅
我何时成了这一朵
无名的野花

1988.11.2

幸福

当我俩同在草原晒黑
是否饮下这最初的幸福、最初的吻

当云朵清楚极了
听得见你我嘴唇
这两朵神秘火焰

这是我母亲给我的嘴唇
这是你母亲给你的嘴唇
我们合着眼睛共同啜饮
像万里洁白的羊群共同啜饮

当我睁开双眼
你头发散乱
乳房像黎明的两只月亮

在有太阳的弯曲的木头上
晾干你美如黑夜的头发

1986（?）

在夜色中

我有三次受难:流浪、爱情、生存

我有三种幸福:诗歌、王位、太阳

1988.2.28.夜

夜色

蓝姬的巢

木塔那儿
一共有两个人
蓝姬她是一张小圆脸
蓝姬的丈夫是一位卖高粱的皇帝

卖高粱的人民币
买来了一面小鼓
围着小巢敲击
鼓点声大
雨点声小
蓝姬如一只雪雁
今夜又栖
爱人的嘴唇

巢

如果我公开

我自己秘密的小巢

一定会有许多耳朵凑上来

散布消息

水中一对鱼夫妻

手捉手

走过桥洞去

挂巢之树

结梨三只

……

蓝姬指着前后左右

十字星是自己的丈夫

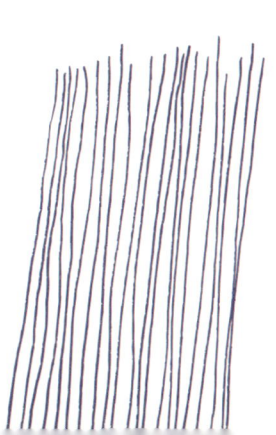

1985.5

云朵

西藏村庄
神秘的村庄
忧伤的村庄
你躺倒在路上
你不姓李也不姓王
你嫁给的男人
脾气怎么样
神秘的村庄
忧伤的村庄
你生了几个儿子
有哪些闺女已嫁到远方
神秘的村庄
忧伤的村庄

当经幡吹响

你多像无人居住的村庄

当经幡五颜六色如我受伤的头发迎风飘扬

你多像无人居住的村庄

当藏族老乡亲在屋顶下酣睡

你多像无人居住的村庄

像周围的土墙画满慈祥的佛像

你多像无人居住的村庄

1986.12.15

第 伍 部分

海子小夜曲

是谁这么说过
海水要走了
要到处看看

莲界慈航

七叶树下

九根香

照见菩萨的

第一次失恋

你盘坐莲花

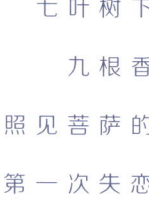

女友像鱼

游过钟的身边

我警告你

要假设一个情人

莲花轻轻摇动

你不需要香火

你知道合掌无用

没有一位好心肠的男青年

偷偷送来鞋子

你盘坐莲花

对面墙壁上

爱情是两只老虎

如果你愿意

爱情确实是老虎

莲花轻轻摇动

1985.5

浑曲

妹呀

竹子胎中的儿子
木头胎中的儿子
就是你满头秀发的新郎

妹呀

晴天的儿子
雨天的儿子
就是滚遍你身体的新娘

妹呀

吐出香鱼的嘴唇
航海人花园一样的嘴唇
就是咬住你的嘴唇

我想我已经够小心翼翼的

我的脚趾正好十个

我的手指正好十个

我生下来时哭几声

我死去时别人又哭

我不声不响地

带来自己这个包袱

尽管我不喜爱自己

但我还是悄悄打开

我在黄昏时坐在地球上

我这样说并不表明晚上

我就不在地球上，早上同样

地球在你屁股下

结结实实

老不死的地球，你好

或者我干脆就是树枝

我以前睡在黑暗的壳里

我的脑袋就是我的边疆

就是一颗梨

明天醒来
　我会
在哪一只
　鞋子里

在我成形之前

我是知冷知热的白花

或者我的脑袋是一只猫

安放在肩膀上

造我的女主人荷月远去

成群的阳光照着大猫小猫

我的呼吸

一直在证明

树叶飘飘

我不能放弃幸福

或相反

我以痛苦为生

埋葬半截

来到村口或山上

我盯住人们死看

呀,生硬的黄土,人丁兴旺

1985.6.6

0-8-7

那是我最后一次想起的中午
那是我沉下海水的尸体
回忆起一个普通的中午

记得那个美丽的
穿着花布的人
抱着一扇木门
夜里被雪漂走

梦中的双手
死死捏住火种

八条大水中
高喊着爱人

小林神，小林神
你在哪里

我的窗户里埋着一只为你祝福的杯子

海子
小夜曲

以前的夜里我们静静地坐着
我们双膝如木
我们支起了耳朵
我们听得见平原上的水和诗歌
这是我们自己的平原、夜晚和诗歌

如今只剩下我一个
只有我一个双膝如木
只有我一个支起了耳朵
只有我一个听得见平原上的水
诗歌中的水
在这个下雨的夜晚
如今只剩下我一个
为你写着诗歌
这是我们共同的平原和水
这是我们共同的夜晚和诗歌

是谁这么说过
海水要走了,要到处看看
我们曾在这儿坐过

1986.8

我要做远方的忠诚的儿子

和物质的短暂情人

和所有以梦为马的诗人一样

我不得不和烈士和小丑走在同一道路上

万人都要将火熄灭

我一人独将此火高高举起

此火为大,开花落英于神圣的祖国

和所有以梦为马的诗人一样

我藉此火得度一生的茫茫黑夜

此火为大

祖国的语言和乱石投筑的梁山城寨

以梦为上的敦煌——那七月也会寒冷的骨骼

如白雪的柴和坚硬的条条白雪

横放在众神之山

和所有以梦为马的诗人一样

我投入此火

这三者是囚禁我的灯盏

吐出光辉

万人都要从我刀口走过

去建筑祖国的语言
我甘愿一切从头开始
和所有以梦为马的诗人一样
我也愿将牢底坐穿

众神创造物中只有我最易朽
带着不可抗拒的死亡的速度
只有粮食是我的珍爱
我将她紧紧抱住
抱住她在故乡生儿育女
和所有以梦为马的诗人一样
我也愿自己埋葬在四周高高的山上
守望平静家园

面对大河我无限惭愧
我年华虚度,空有一身疲倦
和所有以梦为马的诗人一样
岁月易逝,一滴不剩
水滴中有一匹马儿一命归天

千年后如若我再生于祖国的河岸

千年后我再次拥有中国的稻田

和周天子的雪山、天马赐踏

和所有以梦为马的诗人一样

我选择永恒的事业

我的事业就是要成为太阳的一生

他从古到今——"日"——他无比辉煌无比光明

和所有以梦为马的诗人一样

最后我被黄昏的众神抬入不朽的太阳

太阳是我的名字

太阳是我的一生

太阳的山顶埋葬

诗歌的尸体——千年王国和我

骑着五千年凤凰和名字叫"马"的龙——我必将失败

但诗歌本身以太阳必将胜利

1987

雪

千辛万苦回到故乡

我的骨骼雪白

也长不出青稞

雪山,我的草原因你的乳房而明亮

冰冷而灿烂

我的病已好

雪的日子

我只想到雪中去死

我的头顶放出光芒

有时我背靠草原

马头作琴,马尾为弦

戴上喜马拉雅这烈火的王冠

有时我退回盆地,背靠成都

人们无所事事,我也无所事事

只有爱情、剑、马的四蹄

割下嘴唇放在火上

大雪飘飘

不见昔日肮脏的山头

都被雪白的乳房拥抱

深夜中,火王子

独自吃着石头

独自饮酒

1988.8

黑风

掠过田野的那黑风
那第四次的
口粮和旗帜
就要来了

聚拢的马群将被劫走
星星将被吹散
他在所有的脚印上覆盖
一种新的草药
遗忘的就要永远被遗忘了
窗子忧伤地关上了
有一两盏橘黄朴素的灯也要熄灭
他们来了
他们是黑色的风

后来他们表达了一种失败的东西
他们留下苦苦创生的胚芽
他们哭了

把所有的人哭醒之后

又走了

走得奇怪

以后所有的早晨都非常奇怪

马儿长久地奔跑

太阳不灭,物质不灭

苹果突然熟了

还有一些我们熟悉的将要死去

我们不熟悉的慢慢生根

人们啊,所有交给你的

都异常沉重

你要把泥沙握得紧紧

在收获时应该微笑

没必要痛苦地提起他们

没必要忧伤地记住他们

1984.12

黑翅膀

今夜在日喀则,上半夜下起了小雨
只有一串北方的星,七位姐妹
紧咬雪白的牙齿,看见了我这一对黑翅膀

北方的七星,照不亮世界
牧羊女头枕青稞独眠一天的地方今夜满是泥泞
今夜在日喀则,下半夜天空满是星辰

但夜更深就更黑,但毕竟黑不过我的翅膀
今夜在日喀则,借床休息,听见婴儿的哭声
为了什么这个小人儿感到委屈
是不是因为她感到了黑夜中的幸福

愿你低声啜泣,但不要彻夜不眠
我今夜难以入睡是因为我这双黑过黑夜的翅膀
我不哭泣,也不歌唱,我要用我的翅膀飞回北方

飞回北方,北方的七星还在北方
只不过在路途上指示了方向,就像一种思念
她长满了我的全身,在烛光下酷似黑色的翅膀

1988.7(?)

冬天的雨*

一只船停在荒凉的河岸

那就是你居住的城市

我的外套肮脏,扔在河岸上

我的心情开始平静而开朗

河水上面还是山冈

许多年前冒起了白烟

部落来到这里安下了铁锅

在潮湿的天气里

我的心情开始平静而开朗

这不是别人的街头,也不是我梦中的景色

街头上卖艺人收起了他彩色的帐篷

冬天的雨下在石头上

飘过山梁仍旧是冬天的雨

打一只火把走到船外去看山头的麦地

然后在神像前把火把熄灭

我们沉默地靠在一起

你是一个仙女,是冬天潮湿的石头

你的外表是一把雨伞

你躲在伞中像拒绝天地的石头

你的黑发披散在冬天的雨中

混同于那些明媚的两省交界的姑娘
在大山的边缘,山顶的雪已隐然远去
像那些在大河上凝固的白帆
我摘下你的头巾,走到你的麦地
这里粮食虽然是潮湿的
仍然是山顶的粮食

野兽在雨中说过的话,我们还要再说一遍
我们在火把中把野兽说过的话重复一遍
我看见一个铁匠的火屑飞溅
我看到一条肮脏的河流奔向大海
越来越清澈,平静而广阔
这都是你的赐予,你手提马灯,手握着艾
平静得像一个夜里的水仙
你的黑发披散着盖住了我的胸脯
我将我那随身携带的弓箭挂到墙上
那弓箭我随身携带了一万年

我的河流这时平静而广阔

容得下多少小溪的混浊

我看见你提着水罐举向我的胸脯

我足够喂养你的嘴唇和你的羊群

我在冬天的雨中奔腾,我的胸脯上藏有明天早晨

明天早晨我的两腿画满了野兽和村落

有的跳跃着,用翅膀用肉体生活

有的死于我的弓箭,长眠不醒

1987.1.11 达县

* 此诗大概是《雨》的初稿

秋日
想起
春天的
痛苦
也想起
雷锋

春天,春天
他何其短暂
春天的一生痛苦
他一生幸福

又想起你撞开门扇你怀抱春天
你坐下,快坐下,在这如痴如醉的地方
春天的一生痛苦
他一生幸福

春天,春天,春天的一生痛苦
我的村庄中有一个好人叫雷锋叔叔
春天的一生痛苦
他一生幸福

如今我长得比雷锋还大
村庄中痛苦女神安然入睡
春天的一生痛苦
他一生幸福

1985;1987

一扇又一扇门

推开树林

太阳把血放入灯盏

河静静卧在人的村庄

人居住的地方,人的门环上

鸟巢挂在

离人间八尺的树上

我仿佛离人间二丈

一切都原模原样

一切都存入人的

世世代代的脸,一切不幸

我仿佛

一口祖先们

向后代挖掘的井

一切不幸都源于,我幽深的水

1985.6.19

夜月

第陆部分

远方
除了遥远
一无所有

北方门前

北方门前
一个小女人
在摇铃

我愿意
愿意像一座宝塔
在夜里悄悄建成

晨光中她突然发现我
她眯起眼睛
她看得我浑身美丽

1985.2

三角洲和碎花的笑

一起甩到脑后

一块大陆在愤怒地骚动

北方平原上红高粱

已酿成新生的青春期鲜血

养育火红的山冈成群

像浪

倾斜着地平线和远岸的大陆架

将东方螺的传说雕成圆锥形

这里，道道山梁架住了天空

让大川从胸中涌出

让头顶长满密林和喷火口

为了光明

我生出一对又一对

深黑的眼睛和穴居的人群

用雪水在石壁上画了许多匹野牛

他们赶着羊就出发了

手中的火种发芽

和麦粒一道支起窝棚

东方
山脉

后来情歌在平坦的地方
绘出语法规则
绘成村落
敲击着旷野

即使脚下布满深谷
即使洪水淹没了我的兄弟
即使姐妹们的哭泣
升到天上结成一个又一个响雷
即使东方的部落群没有写进书本
因而只在孩子琥珀色眼球里丛生
根连着根
像野草一样布满荒原
即使旗帜迟迟没有
从那方草坪上升起
因而文字仿佛艰涩
历史仿佛漫长

我捞起岛屿
和星星般隐逸的情感

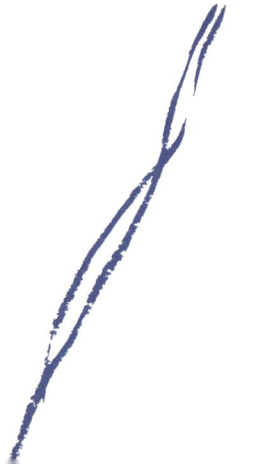

我亲吻每一座坟头

让它们吐出桑叶

在所有的河岸上排成行

划分着大江流向

划分着领土

我把最东方留给一片高原

留给龙族人

让他们开始治水

让他们射下多余的太阳

让他们插上毛羽

就在那面东亚铜鼓上出发

会有的,会的

会有鹭鸶和青草鱼一样的龙舟

会有创造的季节

请放出鸥群

和关在沼地里的绿植被

把伏向小河的家乡丘陵拉直

列队,由北压向南

由西压向东

把我的岩石和汉子的三角肌
一同描在族徽上吧
把我的松涛连成火把吧
把我的诗篇
在哭泣后反抗的夜里
传往远方吧
让孩子们有一本自己的历史画
让我去拥抱世界

1983

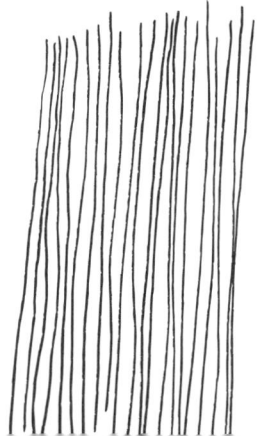

阿尔的太阳 *

给我的瘦哥哥

"一切我所向着的自然创作的,是栗子,从火中取出来的。啊,那不信仰太阳的人是背弃了神的人。" **

到南方去
到南方去
你的血液里没有情人和春天
没有月亮
面包甚至都不够
朋友更少
只有一群苦痛的孩子,吞噬着一切
瘦哥哥凡·高,凡·高啊
从地下强劲喷出的
火山一样不计后果的
是丝杉和麦田
还是你自己
喷出多余的活命的时间
其实,你的一只眼睛就可以照亮世界
但你还要使用第三只眼,阿尔的太阳

把星空烧成粗糙的河流
把土地烧得旋转
举起黄色的痉挛的手,向日葵
邀请一切火中取栗的人
不要再画基督的橄榄园
要画就画橄榄收获
画强暴的一团火
代替天上的老爷子
洗净生命
红头发的哥哥,喝完苦艾酒
你就开始点这把火吧
烧吧

1984.4

* 阿尔系法国南部一小镇,凡·高在此创作了七八十幅画,这是他的黄金时期。——海子自注

** 摘自凡·高致其弟泰奥书信

远方

远方除了遥远一无所有

遥远的青稞地
除了青稞一无所有

更远的地方,更加孤独
远方啊,除了遥远,一无所有

这时,石头
飞到我身边

石头长出血
石头长出七姐妹

站在一片荒芜的草原上

那时我在远方
那时我自由而贫穷

这些不能触摸的姐妹

这些不能触摸的血

这些不能触摸的,远方的幸福

远方的幸福,是多少痛苦

1988.8.19萨迦夜,21拉萨

西藏

西藏,一块孤独的石头坐满整个天空

没有任何夜晚能使我沉睡

没有任何黎明能使我醒来

一块孤独的石头坐满整个天空

他说:在这一千年里我只热爱我自己

一块孤独的石头坐满整个天空

没有任何泪水使我变成花朵

没有任何国王使我变成王座

1988.8

青海湖

这骄傲的酒杯

为谁举起

荒凉的高原

天空上的鸟和盐,为谁举起

波涛从孤独的十指退去

白鸟的岛屿,儿子们围住

在相距遥远的肮脏镇上

一只骄傲的酒杯

青海的公主,请把我抱在怀中

我多么贫穷,多么荒芜,我多么肮脏

一双雪白的翅膀也只能给我片刻的幸福

我看见你从太阳中飞来

蓝色的公主——青海湖

我孤独的十指化为天空上雪白的鸟

1988.7.25

敦煌石窟像马肚子下
挂着一只只木桶
乳汁的声音滴破耳朵
像远方草原上撕破的耳朵上
悬挂着花朵

敦煌是千年以前
起了大火的森林
在陌生的山谷
是最后的桑林——我交换
食盐和粮食的地方
我筑下岩洞,在死亡之前,画上你
最后一个美男子的形象
为了一只母松鼠
为了一只母蜜蜂
为了让她们在春天再次怀孕

敦煌

1986

怅望祁连
（之一）

那些是在过去死去的马匹
在明天死去的马匹
因为我的存在
它们在今天不死
它们在今天的湖泊里饮水食盐

天空上的大鸟
从一颗樱桃
或马骷髅中
射下雪来
于是马匹无比安静
这是我的马匹
它们只在今天的湖泊里饮水食盐

1986

怅望祁连
（之二）

星宿、刀、乳房
这就是雪水上流下来的东西
"亡我祁连山，使我牛羊不蕃息
失我胭脂山，令我妇女无颜色"
只有黑色牲畜的尾巴
鸟的尾巴
鱼的尾巴
儿子们脱落的尾巴
像七种蓝星下
插在屁股上的麦芒
风中拂动
雪水中拂动

1986

为什么
你不
生活在
沙漠上

为什么你不生活在沙漠上
英雄的可怜而可爱的伴侣
我那唯一的人在何方
用酒调着火所能留下的灰，写下几首诗

我的形象开始上升
主宰着你的心灵
孤独守候着
一个健康的声音

绝望之神，你在何方
为什么你不生活在沙漠上
我是谁手里磨刀的石块
我为何要把赤子带进海洋

海子躺在地上

天空上

海子的两朵云

说：

你要把事业留给兄弟，留给战友

你要把爱情留给姐妹，留给爱人

你要把孤独留给海子，留给自己

1987.5.27夜书

在一个
阿拉伯沙漠
的
村镇上

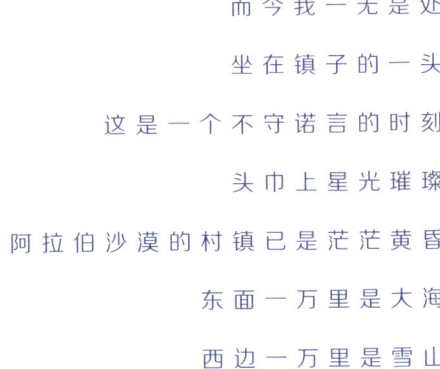

镇子

而今我一无是处
坐在镇子的一头
这是一个不守诺言的时刻
头巾上星光璀璨
阿拉伯沙漠的村镇已是茫茫黄昏
东面一万里是大海
西边一万里是雪山

镇子

三月过去了
四月过去了
上一个秋天的谈话过去了
请在这个日子光临做我的客人

镇子上——天刚蒙蒙亮

草原上——夜的马很大

少言寡语,见一面,短一日

镇子

你坐在

小山坡上

你坐在小山坡上

一个人住在旧粮仓里写诗

又是生日

一匹多年的马

飞来了

一匹多年的

旧布包不好伤口

镇子

点亮一根蜡烛

我们死后相聚在湖上

宛如生前

"俄狄浦斯——烛光也曾照你杀父娶母"

烛火静静叫喊

绿汪汪的水静静叫喊

看见草原和女人的一位盲人

——在烛火静静叫喊

镇子

生日中

你像一位美丽的

女俘虏

坐在故乡的

打麦场上

夜深在村庄摸门

我的什么

遗忘在山上

浪子，你怎么了，你打算用什么办法

将那水中明月

戴在头上

暮色中的马头

斜靠在小镇上

姐妹们早已睡下

打谷场上，空无一人

空无一人

天亮

守夜人

走到神秘的村子

1988.5 删

单翅鸟

单翅鸟为什么要飞呢
为什么
头朝着天地
躺着许多束朴素的光线

菩提,菩提想起
石头
那么多被天空磨平的面孔
都很陌生
堆积着世界的一半
摸摸周围
你就会拣起一块
砸碎另一块

单翅鸟为什么要飞呢
我为什么
喝下自己的影子

揪着头发作为翅膀

离开

也不知天黑了没有

穿过自己的手掌比穿过别人的墙壁还难

单翅鸟

为什么要飞呢

肥胖的花朵

喷出水

我眯着眼睛离开

居住了很久的心和世界

你们都不醒来

我为什么

为什么要飞呢

1984.9

船尾之梦

上游祖先吹灯后死去

只留下

河水

有一根桨

像黄狗守在我的船尾

船尾

月亮升了，升过婴儿头顶

做梦人

脚趾一动不动

踩出没人看见的足迹

做梦人脊背冒汗

而婴儿睡在母亲怀里
睡在一只大鞋里
我的鞋子更大
我睡在船尾
月亮升了

月亮打树,无风自动
生物潜入河流或身体
梦见人类,无风自动

1985.7.12

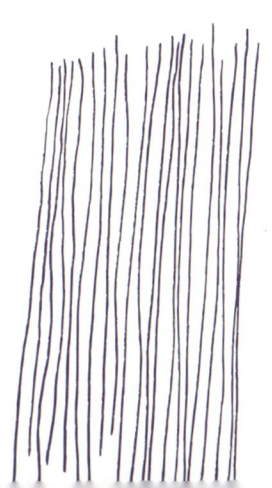

第柒部分

春天,
十个海子

春天
十个海子全部复活
在光明的景色中

给 B 的生日 *

天亮我梦见你的生日
好像羊羔滚向东方
——那太阳升起的地方

黄昏我梦见我的死亡
好像羊羔滚向西方
——那太阳落下的地方

秋天来到，一切难忘
好像两只羊羔在途中相遇
在运送太阳的途中相遇
碰碰鼻子和嘴唇
——那友爱的地方
那秋风吹凉的地方
那片我曾经吻过的地方

1986.9.10

* B为海子初恋的女友，北京中国政法大学1983级学生

给你

1

在赤裸的高高的草原上

我相信这一切：

我的脚，一颗牝马的心

两道犁沟，大麦和露水

在那高高的草原上，白云浮动

我相信天才，耐心和长寿

我相信有人正慢慢地艰难地爱上我

别的人不会，除非是你

我俩一见钟情

在那高高的草原上

赤裸的草原上

我相信这一切

我相信我俩一见钟情

2

我爱你

跑了很远的路

马睡在草上

月亮照着他的鼻子

3

爱你的时刻
住在旧粮仓里
写诗在黄昏

我曾和你在一起
在黄昏中坐过
在黄色麦片的黄昏
在春天的黄昏
我该对你说些什么

黄昏是我的家乡
你是家乡静静生长的姑娘
你是在静静的情义中生长
没有一点声响
你一直走到我心上

④
当她在北方草原摘花的时候

我的双手驶过南方水草

用十指拨开

寂寞的家门

⑤
她家木门下几个姐妹的脸

亲人的脸

像南方的雨

真正的雨水

落在我头上

冬天的人

像神祇一样走来

因为我在冬天爱上了你

1986.8

肉体
（之一）

在甜蜜果仓中
一枚松鼠肉体般甜蜜的雨水
穿越了天空
蓝色的羽翼

光芒四射

并且在我的肉体中
停顿了片刻

落到我的床脚
在我手能摸到的地方
床脚变成果园温暖的树桩

它们抬起我
在一只飞越山梁的大鸟
我看见了自己
一枚松鼠肉体
般甜蜜的雨水

在我的肉体中
停顿了片刻

1986.6

肉体美丽

肉体是树林中

唯一活着的肉体

肉体,远离其他的财宝

远离其他的神秘兄弟

肉体独自站立

看见了鸟和鱼

肉体（之二）

肉体睡在河水两岸

雨和森林的新娘

睡在河水两岸

垂着谷子的大地上

太阳和肉体

一升一落,照耀四方

像寂静的

节日的

财宝和村庄

照耀

只有肉体美丽

野花,太阳明亮的女儿

河川和忧愁的妻子
感激肉体来临
感激灵魂有所附丽
（肉体是野花的琴
盖住骨骼的酒杯）

感激我自己沉重的骨骼
也能做梦

肉体是河流的梦
肉体看见了采茴香的人迎着泉水

肉体美丽
肉体是树林中
唯一活着的肉体
死在树林里

迎着墓地
肉体美丽

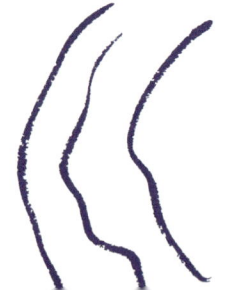

1986

生殖

夜间雨从天堂滴落,滴到我的青色眼皮上
那夜的森林之门洞开若火焰咬在大腿上
一只长吻伸过万里动物的湖泊
人类咬紧牙关,音乐历历有声
四月之麦在黎明大雾弥漫中露出群仙般脑壳
雷声中,闪出一万只青蛙
血液的红马本像水,流过石榴和子宫
林子破了
人破口大骂
破门而出的感觉
构筑一个无人停留的小岛

我将告诉这些在生活中感到无限欢乐的人们
他们早已在千年的洞中一面盾上锈迹斑斑

1987(?)

土地·忧郁·死亡

黄昏
我流着血污的脉管不能使大羊生殖
黎明,我仿佛从子宫中升起
如剥皮的兔子摆上早餐
夜晚,我从星辰上坠落
使墓地的群马阉割或受孕
白天
我在河上漂浮的棺材竟拼凑成目前的桥梁或婚娶之船

我的白骨累累是水面上人类残剩的屋顶
燕子和猴子坐在我荒野的肚子上饮食男女
我的心脏中楚国王廷面对北方难民默默无言
全世界人民如今在战争之前粮草齐备

最后的晚餐那食物径直通过了我们的少女
她们的伤口,她们颅骨中的缝
最的的晚餐端到我们的面前
一道筵席,受孕于人群:我们自己

1987.8

马、火、灰
——鼎

有了安慰,马飞来了
甚至有了盐,有了死亡

有了安慰,有了爪子,有了牙
甚至有了故乡,不缺乏春天
仍然缺少一具多么坚强的骷髅牢牢锁住我
多么牢固
我的舞蹈举起一片消费人血的灯
和耗尽什么的头颅
麦芒在煮光了自己之后
只剩下空秆之火,不尽诉说

有了安慰,有了马、火、灰、鼎
甚至有了夜晚
仍然缺少鬼魂

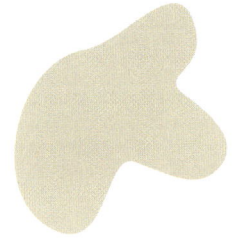

死过一次的缺少再次死亡
两姐妹只死了一个
天空却需要她们全部死亡
最好是无人收拾雪白的骨殖
任荒山更加荒芜下去
只剩下一片沙漠和戈壁

有了安慰,而我们是多么缺少绝望
我所在的地方滴水不存
寸草不生,没有任何生长

不幸

给荷尔德林

 病中的酒

拾起了一张病床
我的荷尔德林,他就躺在这张床上
马,疯狂地奔驰一阵
横穿整个法兰西

当那些姐妹和长老
举起了不幸的羊毛
燃烧的羊毛
像白雪一样地燃烧

成为纯洁诗人、疾病诗人的象征
不幸的诗人啊
人们把你像系马一样
系在木匠家一张病床上

他说——不要着急,焦躁的诸神
等一首故乡的颂歌唱完
我斤微,会钻进你们那
黑暗和迟钝的羊角

我不知道
在八月逝去的黄昏
二哥索福克勒斯
是否用悲剧减轻了你的苦痛

丰足的羊角,呜呜作响的羊角
王冠和疯狂的羊角:我躺下
——"一万年太久"
只有此羊角,诗歌黑暗、诗人盲目

2　怀念，或没有收获

等你手拿钝镰刀
割下白雪和羊毛
不幸的荷尔德林已经发疯

修道院总管的儿子
银行家夫人的情人
不幸的荷尔德林已经发疯　——"收获即苦难"

等你建好医院
安放好一张又一张病床
荷尔德林就躺在第一张床上
经历没有收获的日子
那是幸福的

只好怀念大雁——
那哭泣和笑容的篮子
当你追随我
来到人类的生活
只好怀念大雁——
那被黄昏染红的肉体的新娘

③ 牧羊人的舞蹈——对称
——黑暗沉寂之国

（有题无诗）

④ 血以后是黑暗——比血更红的是黑暗

荷尔德林——告诉我那黑暗是什么

他又怎样把你淹没

把你拥进他的怀抱

像大河淹没了一匹骏马

存在着、嘶叫着，和黑暗之桶的主人啊

你——现在又怎样在深渊上飞翔

——阴郁地起舞——将我抛弃

并将我嘲笑——荷尔德林

你可是也已成为黑暗的大神的一部分

故乡

……我们仍抱着这光中飞散的桶的碎片

营造土地和村庄

他们终究要被黑暗淹没

告诉我,荷尔德林——我的诗歌为谁而写

掘地深藏的地洞中毒药般诗歌和粮食

房屋和果树——这些碎片

——在黑暗中又会呈现怎样的景象

荷尔德林?

延续六年的阴郁的旅行之路啊

兄弟们是否理解
狄奥提马是否同情——她虽已早死
哪一位神曾经用手牵引你
度过这光明和黑暗交织的道路
你在那些渡口
又遇见什么样的老母和木匠的亲人
他们是幻象还是真理
是美丽还是谎言
是阴郁还是狂喜

还是这两者的合一：统治
血以后还是黑暗——比血更红的是黑暗
我永久永久怀念着你
不幸的兄弟——荷尔德林

5 致命运女神

怀抱心上人摔坏的一盏旧灯
怀抱悬崖上幸福的花草纵身而下

红色的大雁
隔河相望美丽村镇

致命运女神的几行诗句
痛苦在山上但说无妨

少女食羊

羊食少年

红色的大雁
在南风中微微吹动

死后长出的青青草杆
一团白云卷走了你

随风来去的羊
——命运女神

1987.11.7夜录

自杀者之歌

伏在下午的水中

窗帘一掀一掀

一两根树枝伸过来

肉体,水面的宝石

是对半分裂的瓶子

瓶里的水不能分裂

伏在一具斧子上

像伏在一具琴上

还有绳索

盘在床底下

林间的太阳砍断你

像砍断南风

你把枪打开,独自走回故乡

像一只鸽子

倒在猩红的篮子上

枫

广天一夜
暖如血

高寒的秋之树
长风千万叶
暖如血

一叶知秋
（秋在北方——
青涩坚硬
火焰焰闪闪的少女
走向成熟和死亡）

多灾多难多梦幻的
北国氏族之女
镰刀和筐内
秋天的头颅落地
姐妹血迹殷红
北国氏族之女

北国之秋住家乡

明日天寒地冻

日短夜长

路远马亡

北国氏族之女

一火灭千秋

虽果亡树在

北国氏族之女

——柿子和枫

相抢（？）于此秋天

刀刃闪闪发亮

人头落地，血迹殷红

一只空空的杯子权做诗歌之棺

暖如地血，寒比天风

1987.11.2

春天,十个海子

春天,十个海子全部复活
在光明的景色中
嘲笑这一个野蛮而悲伤的海子
你这么长久地沉睡究竟为了什么

春天,十个海子低低地怒吼
围着你和我跳舞,唱歌
扯乱你的黑头发
骑上你飞奔而去,尘土飞扬
你被劈开的疼痛在大地弥漫

在春天,野蛮而悲伤的海子
就剩下这一个,最后一个
这是一个黑夜的孩子
沉浸于冬天,倾心死亡
不能自拔

热爱着空虚而寒冷的乡村

那里的谷物高高堆起
遮住了窗户
它们把一半
用于一家六口人的嘴
吃和胃
一半用于农业
他们自己的繁殖
大风从东刮到西
从北刮到南
无视黑夜和黎明
你所说的曙光
究竟是什么意思

1989.3.14凌晨3点—4点

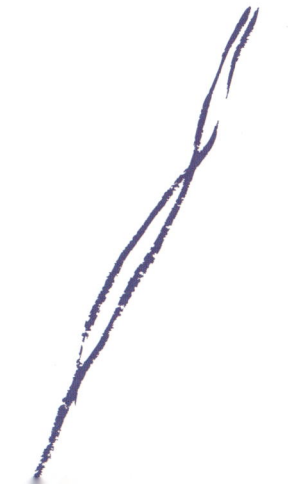

第 捌 部分

诗集

诗集
珠宝的粪筐

两行诗

①
海水点亮我
垂死的头颅

②
我是黄昏安放的灵床:
车轮填满我耻辱的形象
落日染红的河水如阵阵鲜血涌来
（86.87.88）

③
起风了
太阳的音乐、太阳的马

④

在远远被雪山围住的亲人中央

为他画一果实,画两只乳房

⑤

疾病中的酒精

是一对黑眼睛

⑥

妹妹瞎了,但她有六根手指

她被荷马抱在怀中

⑦

寂静太喜爱

闪电中的猎人

四行诗

 **思念**

像此刻的风
骤然吹起
我要抱着你
坐在酒杯中

 **星**

草原上的一滴泪
汇集了所有的愤怒和屈辱
泪水，走遍一切泪水
仍旧只是一滴

③ 哭泣

天鹅像我黑色的头发
在湖水中燃烧
我要把你接进我的家乡
有两位天使放声悲歌
痛苦地拥抱在家乡屋顶上

④ 大雁

绿蒙蒙的草原上
一个美好少女
在月光照耀的地方
说：好好活吧，亲爱的人

⑤ *

当强盗留下遗言后
夜深独坐，把地牢当作果园
月亮吹着一匹强盗的马
流淌着泪水

⑥ 海伦

盲诗人荷马
梦着，得到女儿
看得见她，捧着杯子
用我们的双眼站在他面前

* 作者未列小标题

诗集

诗集
珠宝的粪筐

母牛的眼睛把她的手搁在诗集上
忧伤的灯把她的手搁在诗集上

没有一棵树是我的
感觉之树因而叫唤

诗集，穷人的丁当作响的村庄
第一台酒柜抬入村庄

诗集，我嘴唇吹响的村庄
王的嘴唇做成的村庄

1986.12

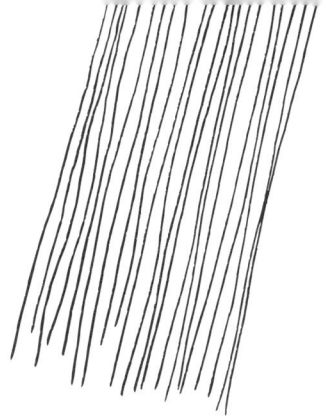

半截的诗

你是我的

半截的诗

半截用心爱着

半截用肉体埋着

你是我的

半截的诗

不许别人更改一个字

十四行：
玫瑰花

玫瑰花,蜜一样的身体
玫瑰花园,黑夜一样的头发
覆盖了白雪隆起的乳房

白雪的门
白雪的门外
被白雪盖住的两只酒盅
白雪的窗户
白雪的窗内两只火红的玫瑰谷
或两只火红的蜡烛
……

热情的蜡烛自行燃尽
两只丁当作响的酒盅
……
热情的酒浆被我啜饮

在秋天我感到了
你的乳房

你的蜜

像夏天的火

春天的风

落在我怀里

像太阳的蜂群落入黑夜的酒浆

像波斯古国的玫瑰花园

使人魂归天堂

肉体却必须永远活在设拉子*

——千年如斯

玫瑰花

你蜜一样的身体

1987.8

* 设拉子,一译舍拉子,波斯(今伊朗)地名

十四行：
王冠

我所热爱的少女

河流的少女

头发变成了树叶

两臂变成了树干

你既然不能做我的妻子

你一定要成为我的王冠

我将和人间的伟大诗人一同佩戴

用你美丽的叶子

缠绕我的竖琴和箭袋

秋天的屋顶，时间的重量

秋天又苦又香

使石头开花像一顶王冠

秋天的屋顶又苦又香

空中弥漫着一顶王冠

被劈开的月桂和扁桃的苦香

1987.8.19夜

公爵的私生女

给波德莱尔

我们偶然相遇

没有留下痕迹

那个庸俗的故事

使用货币或麦子

卖鱼的卖鱼

抓药的抓药

在天堂的黄昏

躲也躲不开

我们的生存

唯一的遭遇是一首诗

一首诗是一个被谋杀的生日

月光下

诗篇犹如

每一个死婴背着包袱

在自由地行进

路途遥远却独来独往

死婴

我的朋友

我的亲人

来路已逝去路以断

我们偶然相遇

没有留下痕迹

石头门外,守夜人

抱着三枝火焰

埋下双眼,一夜长眠

1986.8初稿

1987.10.31改

诗人叶赛宁

 诞生

星日朗朗
野花的村庄
湖水荡漾
野花！生下诗人

如同无人居住
野花，我的村庄公主
安坐痛苦的北方
生下诗人

湖水在怀孕
在怀孕
一对蓓蕾
野花的小手在怀孕
生下诗人叶赛宁

谁家的窗户
灯火明亮
是野花，一只安详燃烧的灯
坐在泥土的灯台上
生下诗人叶赛宁

野花的村庄漆黑

② 乡村的云

乡村的云

故乡

你们俩是

水上的一对孩子

云朵的门啊,请为幸福的人们打开

请为幸福

和山坡上无处躲藏的忧伤的眼睛

打开

③ 少女

少女

头枕斧头和水

安然睡去

一个春天

一朵花

一片海滩

一片田园

少女

一根伐自上帝

美丽的枝条

少女

月亮的马

两颗水滴

对称的乳房

④ 诗人叶赛宁

我是中国诗人

稻谷的儿子

茶花的女儿

也是欧罗巴诗人

儿子叫意大利

女儿叫波兰

我饱经忧患

一贫如洗　　　　　浪子叶赛宁

昨日行走流浪　　　叶赛宁

来到波斯酒馆　　　俄罗斯的嘴唇

别人叫我　　　　　梁赞的屋顶

诗人叶赛宁　　　　黄昏的面容

　　　　　　　　　农民的心

　　　　　　　　　一颗农民的心

　　　　　　　　　坐在酒馆

　　　　　　　　　像坐在一滴酒中

　　　　　　　　　坐在一滴水中

　　　　　　　　　坐在一滴血中

　　　　　　　　　仙鹤飞走了

桌子抬走了

尸体抬走了

屋里安坐忧郁的诗人

仍然安坐诗人叶赛宁

叶赛宁

不曾料到又一次

春回大地

大地是我死后爱上的女人

大地啊

美丽的是你

丑陋的是我

诗人叶赛宁

在大地中

死而复生

5 玉米地

微风吹过这座小小的山冈

玉米地里棵棵玉米又瘦又小

我浇水

看着这些小小的可爱又瘦小的叶子

青青杨树叶子喧响在那一头

太阳远远地燃烧

落入一座空空的山谷

树叶是采自诸神的枪枝和婚床

圆形盾牌镌刻着无知的文字

6　醉卧故乡

故乡的夜晚醉倒在地

在蓝色的月光下

飞翔的是我

感觉到心脏，

一颗光芒四射的星辰

醉倒在地，头举着王冠

头举着五月的麦地

举着故乡晕眩的屋顶

或者星空，醉倒在大地上

大地，你先我而醉

我要扶住你

大地

我醉了

我是醉了

我称山为兄弟、水为姐妹、树林是情人

我有夜难眠，有花难戴

满腹话儿无处诉说

只有碰破头颅

霞光落在四邻屋顶

我的双脚踏在故乡的路上变成亲人的双脚

一路蹒跚在黄昏,升上南国星座

双手飞舞,口中喃喃不绝

我在飞翔

急促而深情

飞翔的是我的心脏

我感觉要坐稳在自己身上

故乡,一个姓名

一句

美丽的诗行

故乡的夜晚醉倒在地

7 浪子旅程

我是浪子

我戴着水浪的帽子

我戴着漂泊的屋顶

灯火吹灭我

家乡赶走我

来到酒馆和城市

我本是农家子弟

我本应该成为

迷雾退去的河岸上

年轻的乡村教师

从都会师院毕业后

在一个黎明

和一位纯朴的农家少女

一起陷入情网

虽然我曾与母牛狗仔同歇在　　但为什么

露西亚天国　　　　　　　　　我来到了酒馆

虽然我在故乡山冈　　　　　　和城市

曾与一个哑巴

互换歌唱

虽然我二十年不吱一声

爱着你，母亲和外祖父

我仍下到酒馆

——俄罗斯船舱底层

啜泣酒杯的边缘

为不幸而凶狠的人们

朗诵放荡疯狂的诗

我要还家

我要转回故乡，头上插满鲜花

我要在故乡的天空下

沉默寡言或大声谈吐

我要头上插满故乡的鲜花

⑧ 绝命

此刻在美丽的小镇上

苦荞麦儿香

说声分手吧

和另一位叶赛宁，双手紧紧握住

点着烛火，烧掉旧诗

说声分手吧

分开编过少女秀发的十指

秀发像五月的麦苗，曾轻轻含在嘴里

和另一位叶赛宁分手
用剥过蛇皮蒙上鼓面的人类之手
自杀身亡
为了美丽歌谣的神奇鼓面
蛇皮鼓啊，如今你在村中已是泪水灯笼

说声分手吧，松开埋葬自己的十指
把自己在诗篇中埋葬
此刻在美丽的小镇上
不会有苦荞麦儿香

⑨ 天才

轻雷滚过的风中
白杨树梢摇动
在这个黄昏
我想到天才的命运

在此刻我想起你凡·高和韩波
那些命中注定的天才
一言不发
心情宁静

那些人
站在月亮中把头颅轻轻摇晃
手持火把,腰围面粉袋
心情宁静

暮色茫茫
永不复返的人哪
在孤寂的空无一人的打谷场上
被三位姐妹苦苦留下

痛苦的天才们
饥渴难捱
可是河中滴水全无
面粉袋中没有一点面粉

轻雷滚过的风中
死者的鞋子,仍在行走
如车轮,如命运
沾满谷物与盲目的泥土

1986.2—1987.5

举着火把、捕捉落入水的人

水抱屈原：如夜打门的火把倒向怀中

水中之墓呼唤鱼群

我要离开一只平静的水罐

骄傲者的水罐——

宝剑埋在牛车的下边

水抱屈原：一双眼睛如火光照亮

水面上千年羊群

我在这时听见了世界上美丽如画

水抱屈原是我

如此尸骨难收

水抱屈原

给
托尔斯泰

我想起你如一位俄国农妇
暴跳如雷
补一只旧鞋的
手
时时停顿
这手掌混同于
兵士的臭脚、马肉和盐
你的灰色头颅一闪而过
教堂的裸麦中央
北方流注的河流
马的脾气暴跳如雷
胸腔上面
排排旧俄的栅栏暴跳如雷
低矮的天空、灯火和农妇
暴跳如雷

吹灭云朵

吹灭火焰

吹灭灯盏

吹灭一切妓女

和善良女人的

嘴唇

你可以耕地

补补旧鞋

你可以爱他人

读读福音书

我记得

陈旧的河谷端坐老人

端坐暴跳如雷的老人

1985.12草摘

1986.12修改

给卡夫卡

囚徒核桃的双脚

在冬天放火的囚徒
无疑非常需要温暖
这是亲如母亲的火光
当他被身后的几十根玉米砸倒
在地,这无疑又是
富农的田地

当他想到天空
无疑还是被太阳烧得一干二净
这太阳低下头来
这脚镣明亮
无疑还是自己的双脚
如同核桃
埋在故乡的钢铁里
工程师的钢铁里

1986.6.16

尼采，你使我想起悲伤的热带

别人的诗：
金黄的秋收
俯伏在希腊的
大理石上

一只陶罐上

镌刻一尾鱼

我住在鱼头

你住在鱼尾

我在冰天雪地的酒馆

忙于宗教

冻得全身发红

你头发松开

充满情欲和狂暴

悲伤的热带

南方的岛屿

我的梦之蛇

你踏上雇佣军向南进军的大道

走出战俘营代价昂贵

辉煌的十年疯狂之门

一眼望见天堂里

诗人歌唱的梨花朵朵

像原始人交换新娘后

堆积在梦中岛屿上的盐

水滴中千万颗乳房

歌唱我的一生

热带是

我的心情

是国王的女儿

蜥蜴和袋鼠跳跃峡谷的女儿

和我

另一位呢喃而疯狂的诗人

同住在一只壶里

我的心情逼迫群蛇起舞

拥抱死亡的鹰

热带的悲伤少女

季节和岁月的火焰

你们都在十五岁就一命归天

水滴中千万颗乳房

归于虚无的热带

古老猎手萌生困惑

在山顶自缢

1987.11.6夜

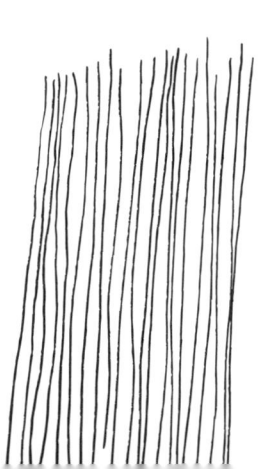

黑夜的
献诗

献给黑夜的女儿

黑夜从大地上升起
遮住了光明的天空
丰收后荒凉的大地
黑夜从你内部上升

你从远方来,我到远方去
遥远的路程经过这里
天空一无所有
为何给我安慰

丰收之后荒凉的大地
人们取走了一年的收成
取走了粮食骑走了马
留在地里的人,埋得很深

草杈闪闪发亮,稻草堆在火上
稻谷堆在黑暗的谷仓

谷仓中太黑暗、太寂静、太丰收

也太荒凉

我在丰收中看到了阎王的眼睛

黑雨滴一样的鸟群

从黄昏飞入黑夜

黑夜一无所有

为何给我安慰

走在路上

放声歌唱

大风刮过山岗

上面是无边的天空

1989.2.2

太阳·弥赛亚

1988
《太阳》
中天堂大合唱

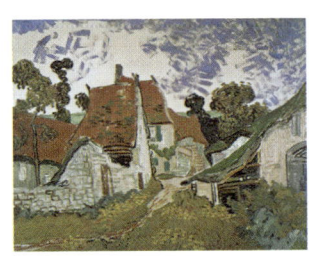

但是这并不意味着它是一首"诗"
——它不是
——斯宾格勒

献 诗

谨用此太阳献给新的纪元
献给真理
谨用这首长诗
献给他的即将诞生的新的诗神

献给新时代的曙光
献给青春

献 诗

天空在海水上
奉献出自己真理的面容
这是曙光和黎明
这是新的一日
阳光从天而降穿透了海水
太阳！在我的诗中，暂时停住你的脚步
让我用回忆和歌声撒上你金光闪闪的车轮
让我用生命铺在你的脚下，为一切阳光开路
献给你，我的这首用尽了天空和海水的长诗

让我再回到昨天
诗神降临的夜晚
雨雪下在大海上
从天而降，1982
我年刚十八，胸怀憧憬
背着一个受伤的陌生人
去寻找天堂，去寻找生命
却来到这里，来到这个夜晚
1988年11月21日诗神降临

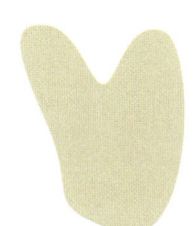

这个陌生人是我们的世界
是我们的父兄,停在我们的血肉中
这个陌生人是个老人
奄奄一息,双目失明
几乎没有任何体温
他身上空无一人
我只能用血喂养
他这神奇的老骨头
世界的鲜血变成了马和琴

雨雪下在大海上
1988年11月21日
我背着这个年老盲目的陌生人
来到这里,来到这个
世界的夜晚和中心,空无一人
一座山上通天堂,下抵地府
坐落在大沙漠的一片废墟
1985年,我和他和太阳
三人遇见并参加了宇宙的诞生

宇宙的诞生也就是我的诞生

雨雪下在黑夜的大海上

在路上，他变成许多人

与我相识，擦肩而过

甚至变成了我，但他还是他

他一边唱着，我同时也在经历

这全是我们三人的经历

在世界和我的身上，已分不清

哪儿是言语哪儿是经历

我现在还仍然置身其中

在岩石的腹中

岩石的内脏

忽然空了，忽然不翼而飞

加重了四周岩石的质量

碎石纷飞，我的手稿

更深地埋葬，火的内心充满回忆

把语言更深地埋葬

没有意义的声音

传自岩石的内脏

天空

巨石围成

中间的空虚

中间飞走的部分

不可追回的

也不能后悔的部分

似乎我们刚从那里

逃离,安顿在

附近的岩石

1985,有一天,是在秋冬交替

岩石的内脏忽然没有了

那就是天空、天空、天空

突然的、不期而来的

不能明了的,交给你的

砍断你自己的

用尽你一生的海水上的天空

天空,没有获得

他自己的内容

我召唤

中间的沉默,和逃走的大神

我这满怀悲痛的世界

中间空虚的逃走的是天空

巨石围在了四周

我尽情地召唤：1988，抛下了弓箭

拾起了那颗头颅

放在天空上滚动

太阳！你可听见天空上秘密的灭绝人类的对话

我召唤：1985！巨石自动前来

堆砌一片，围住了天空上

千万道爆炸的火流，火狂舞着飞向天空

死去的、死去的、死去的

是那些阻止他的人。

1988，突然像一颗头颅升出地面

大地裂开了一个口子

天空突然（？*）了岩石，化身为人

血液说话，烈火说话：1988，1988

开出大海

在一片大水

*原文有脱字。——编者注。

高声叫喊"我自己"

"世界和我自己"

他就醒来了

喊,喊着"我自己"

召唤那秘密的

沉寂的,内在的

世界和我!召唤,召唤

半岛和岛屿上的十七位国王,听着

从回声长出了原先主人的声音

主人在召唤,开始只是一片混乱的回声

一只号角内部漆黑,是全部世界

号角的主人召唤世界和自己

大海苍茫,群山四起,地狱幽暗,天堂遥远

阳光从天而降,一片混乱的回声

所有的人类似乎只有一个人

那就是主人,坐在太阳孤独的公社里

黎明时分

"我自己"

新的"我自己"

石头也不能分享

在可说的这一切

在说话的内部

石头也不能分享

这是新的一日

这是曙光降临时的歌声

"我原是一个喝醉了酒的农奴

被接上了天空,我原是混沌的父亲"

是原始的天空上第一滴宰杀的血液

自我逃避,自我沉醉,自我辩护

我不应该背上这个流泪的老盲人

补锅,磨刀,卖马,偷马,卖马

我不应该

抱着整夜抱着枪和竖琴

成为诗人和首领

阳光从天而降穿透了海水

献给你

我的这首用尽了生命和世界的长诗

回忆女神尖叫着

生下了什么

生下了我

相遇在上帝的群山
相遇在曙光中
太阳出来之前
这么多
这么多
晨曦从天而降

我接受我自己
这天空
这世界的金火
破碎、凌乱，金光已尽
接受这本肮脏之书
杀人之书世界之书
接受这世界最后的金光
我虚心接受我自己
任太阳驱散黎明

太阳驱散黎明
移动我的诗
号角召唤
无头的人

从铁匠铺

抱走了头颅

无头的人怀抱他粗笨的头颅

几乎不能掩盖

在曙光中一切显示出来

世界和我

快歌唱吧

"在曙光中

抱头上天

太阳砍下自己的刀剑

太阳听见自己的歌声"

昔日大火照耀

火光中心，雨雪纷纷

曙光中心，曙光抱头上天

肮脏的书中杀人的书中

此刻剩下的只有奉献和歌声

移动我的诗，登上天梯

那无头的黎明，怀抱十日一齐上天

登上艰难的这个世纪

这新的天空

这新的天空回首望去：
旧世界雨雪下在大海上
此刻曙光中，岩石抬起头来一起向上看去
火光中心，雨雪纷纷，我无头来其中
人们叫我黎明：我只带来了奉献和歌声

火光中心，雨雪纷纷，我无头来其中
通向天空的火光中心，雨雪纷纷
肮脏的书杀人的书戴上了我的头骨
因为血液稠密而看不清别的

这是新的世界和我
此刻也只有奉献和歌声
在此之前我写下了这几十个世纪最后的一首诗
并从此出发将它抛弃，就是太阳抛下了黎明
曙光会知道我和太阳的目的地
太阳和我
献给你，我的这首用尽了天空和海水的长诗

1988.12.1

太阳

（第一合唱部分：秘密谈话）

人物：铁匠、石匠、打柴人、猎人、火

秘密谈话

打柴人这一天
从人类的树林
砍来树木，找到天梯
然后从天梯走回天堂
他坐下，把他们
投入火中，使火幸福
在天堂，打柴人和火
开始了我记在下面的
一次秘密谈话

正在这时有铁匠、石匠、猎人、卖酒人
和一个叫"二十一"的，经常在天梯上下
他们来去匆匆，谈话时而长时而简短
无论是谁与谁在天梯上相遇

都会谈上他们心中的幻象

正是这些天梯上的谈话声遮住了

天堂中打柴人与火的谈话声

因此我没有听见什么

或者说听见不多

天堂里打柴人与火的秘密谈话

打柴人

记得在黑暗混沌

一个空虚的大城

分不清我与你

都融合在我之中

我还没有醒来

睡得像空虚

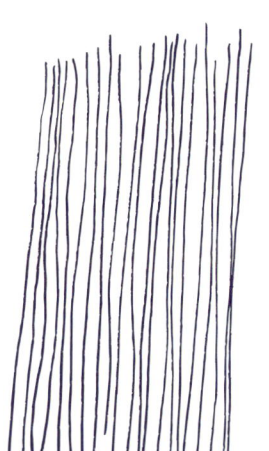

火

在我内部

有另一个

微弱的我

在呼喊

在召唤

召唤他自己

打柴人

第一日开辟了我与你

我从你身上走下

我从你内部走到外部

看到了我自己的眼睛

火

打柴人和火,彼此照亮

旋即认清了对方的面容

并在你的眼睛里

长出了我的身体

打柴人

我与你彼此为证

互为食物和夫妻

我与你相依为命

内脏有着第一日

一劈为二的痕迹

(天梯上传来老石匠的呼喊:)

天空运送的,是一片废墟

我和太阳,在天空上运送

这壮观的、毁灭的、无人的废墟

我高声询问:

又有谁在

难道全在大火中死光了

又有谁在

我背负一片不可测量的废墟

四周是深渊,看不见底

我多么期望,我的内部有人呼应

又有谁在

我在天空深处

高声询问:谁在

我背负天空

我内部

背负天空

我内部着火的废墟

越来越沉

我只有沉沦

更深地陷落

灭绝的大地

四季生长

无人回答

我是父母,但没有子孙

一片空虚

又有谁在
天空的门
紧紧地关着
没有人进来也没有人出去
没有人上来也没有人下去
海水和天空
我内心着火的废墟,广阔地涌动
这全部的大火在我的背脊上就要
凝固
这全部的天空
在我内部
就要关闭

一万种暴力
没有头颅
坐在海底
站在天空上呼喊

这全部的天空今天
在我内部就要关闭

减轻人类的痛苦

降低人类的声音

痛苦如此寂静

就要关闭

又有谁在

闪电大雷

这燃烧的

从天而降的

亮得像狰狞的白骨

红得像雨中的大血

响的就是夺命的鼓

又有谁在

寂静的天空你

封闭的内部

是吼叫的废墟

大海,突然停顿在上空

突然停顿在我的头顶

关闭了所有的天空

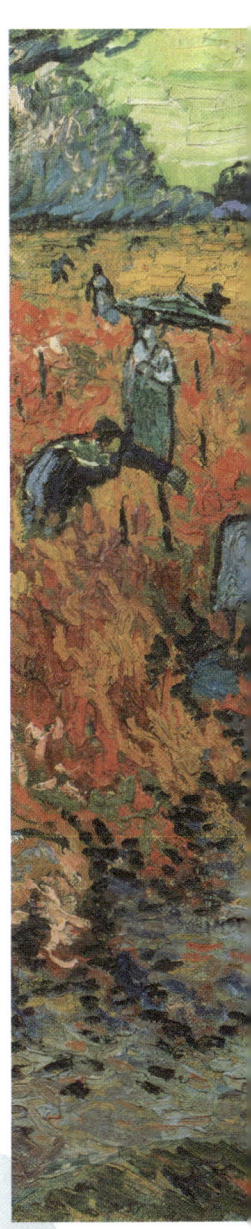

天地马上就要
不复存在

天空
轰轰倒下
葬在没有头颅的大海
这哪是天空
只是天空的碎片
五脏缠绕着
这天空的碎片
这没有头颅的大海
这三位大地的导师
五脏缠绕着你们
召唤你们
轰炸你们
这一种爆炸中
又有谁在

八面天空
有七面封闭
剩下那

最后的

末日的

火光照亮的

一面废墟

也要关闭

孩子?那些孩子们呢

我用全部世界换来的

那些孩子呢

最后的天空就要关上

孩子呢?又有谁在

我站在天梯上

看见我半开半合的天空

这八面天空的最后一面

我看见这天空即将合上

我看见这天空已经合上

从天空迈出一步

三千儿童

三千孩子

三千赤子

被一位无头英雄

领着杀下天空

从天空迈出一步

那位无头英雄

领着孩子们降临大地

正是黄昏时分

无头英雄手指落日

手指落日和天空

眼含尘土和热血

扶着马头倒下

我在天空深处高声询问：谁在

我

从天空中站起来呼喊

又有谁在

最后一个灵魂

这一天黄昏

天空即将封闭

身背弓箭的最后一个灵魂

这位领着三千儿童杀下天空的无头英雄

眼含热泪指着我背负的这片燃烧的废墟

这标志天堂关闭的大火

对他的儿子们说,那是太阳

孩子们,三千孩子活下了多少

三千孩子记住了多少

孩子们,听见了吗

这降临到大地上后

你们听到的第一个

属于大地也属于天空

的声音:孩子们,听见了吗,那是太阳

太阳

无头的灵魂

英雄的灵魂

灵魂啊,不要躲开大地

不要躲开这大地的尘土

大地的气息大地的生命

灵魂啊,不要躲开你自己

不要躲开已降到大地的你自己

你为何要匆匆而来又匆匆而去
扶着你骑过万年的天空飞马的头颅
你为什么要倒下，你为什么这么快地离去
你再也不能离去

莫非你不能适应大地
你这无头的英雄
天空已对你关闭
你将要埋在大地
你不能适应的大地
将第一个埋葬你

灵魂啊，不要躲开
我问你，你的儿子们
活下去了吗

我站在天梯
目睹这一切
我在天空深处
高声询问

谁在

从天空中站起来呼喊

又有谁在

打柴人

我是火父亲,火儿子,和火母亲

让我首先来回答你的呼喊

我在太阳上所感受到的虚无和饥饿

从笨重的天空跌落。撞在大地和海水

撞掉了头颅撞烂了四肢

他也是一位复仇的年轻人

即也是人们常常提到的

狮子之上　轩辕两旁

那名字叫青春和曙光的

大地上充满了孩子的欢乐,也传到天堂

(这时刻天堂中打柴人和火

抛开了秘密谈话,高声歌唱

歌唱青春——那位无头英雄）

大合唱：献给曙光女神　献给青春的诗

青春迎面走来

成为我和大地

开天辟地

世界必然破碎

青春迎面走来

世界必然破碎

天堂欢聚一堂又骤然分开

齐声欢呼：青春，青春

青春迎面走来

成为我和世界

天地突然获得青春

这秘密传遍世界，获得世界

也将世界锰地劈开

天堂的烈火，长出了人形

这是青春，依然坐在大火中

一轮巨斧劈开

世界碎成千万

手中突然获得

曙光是谁的天才

先是幻象千万

后是真理唯一

青春就是真理

青春就是刀锋

石头围住天空

青春降临大地

如此单纯

打柴人

抛开了刑法……

我们住过的地方

我们修建过的遗址

都被抛在一旁

而今只有一行军的金帐

我开天辟地

我和铁匠和赤子

我抛开了刑法……

此刻我在太阳上

我站在太阳的青春

我站在太阳上

我发出一种声音

我召唤天地

围着火与青春

我的声音与火俱在

我要召唤天堂的青春

我要召唤火与夜的青春

我使它们获得了青春

在太阳上所感受到的虚无和饥饿

从笨重的天空跌落

热血沸腾的青春

领着三千儿童

撞在大地和海

撞掉了头颅撞烂了四肢

火父亲，火儿子，火母亲

一家烈火，九口人三千人

百亿人口一家烈火

内脏本来是空洞的、岩石的内脏

忽然燃烧起来

内脏起火，内脏已被太阳的饥饿借走

内脏燃烧，被太阳使用，是火的

使万物生长

火红内脏嘎嘎叫

内脏嘎嘎叫

叫着冲开天门

火

我的双脚在火中变成了一只

我自己的火使我自己失明

我的言语也已失明

只可以看见自己的内心

我的双脚在火中变成了一只舌

我的失明的言语只看见自己的

打柴人

在火光中

在火光中,我跟不上那孤独的

独自前进的、主要的思想

在火光中,我跟不上自己那孤独的

没有受到关怀的、主要的思想

我手中的都已抛弃

但没有到达他们自己所在的地方

剩下的我紧握手中

他们都不在这里

而紧紧跟上了被抛向远方的伙伴

在长长的，孤独的光线中

只有主要的在前进

只有主要的仍然在前进

没有伙伴

没有他自己的伙伴

也没有受到天地的关怀

在长长的、孤独的光线中

只有荒凉纯洁的沙漠火光

紧跟他的思想

只有荒凉的沙漠之火

热爱他，紧跟他的脚步

在火光中，我跟不上自己那孤独的

独自前进的、主要的思想

我跟不上自己快如闪电的思想

在火光中，我跟不上自己的景象

我的生命已经盲目

在火光中，我的生命跟不上自己的景象

在长长的、孤独的光线中

两块野蛮的石头

永远地放走了他自己的飞鸟

在火光中

我跟不上自己的景象

打柴人

在火中我的双脚变成了一只舌头

举起心脏，摔碎在太阳的鼓面

鼓手终于在火中像火一样笑了

像火一样寂寞，像火一样热闹

天堂之火的腹部携带着我和你

在火中我的舌头变成了两只大脚

我在吐火

我长出一万个头颅

每只头颅伸出一只手

牵着一个兽头

那也是一万头之兽

他也在吐火

我们一齐吐火

这火一直从天堂
挂到大地和海水
火
青春
贯穿了
我

青春！蒙古！青春！
上帝坐在冬天无限的太空
面朝地穴三万六千，年岁十二，人口亿万
六百车轴旋转，不避疯狂，天空万有
天空以万有高喊万有
面朝地穴在旷野大火之上呼喊：蒙古！蒙古！
马骨十万八千为船，人头十万八千为帆
一阵长风吹过
上书"灭绝人类和世界"

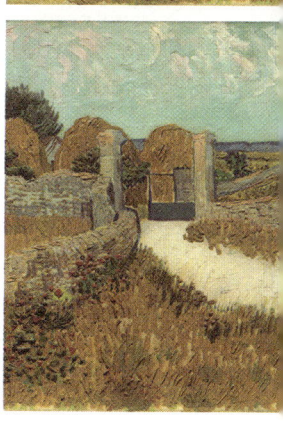

（北方的猎人在天梯上呼喊：儿方，儿方）

北方
冬天的天空
蒙古人种的天空
拔出了武器，互相砍杀
拔出了内心生锈的层层栅栏
作为武器，互相砍杀

天空
你为什么曾经禁欲和传教
你为什么不充满仇恨

我难以理解
我多么难以理解
这从太平洋开始倾斜的，蒙古人种的天空
你曾经说过什么
你还要说，说吧，说
蒙古人种的天空，从太平洋开始倾斜
蒙古人种抱着高大的马
从太平洋上空飞过

胸腔里是多少苦难的海水

蒙古型,扁圆头颅,多么饱和
多少适合飞行
接近天空
盛满海水和铁
多么接近

疯狂的太阳,把他的马,他的辕马
他的车轭、他的车轮、他的牲口棚
疯狂的太阳,把他的职业、他的战争
和他的侵略的本性,赐予了蒙古人种
我不是要求和平
我不能在这时要求和平

成吉思汗,我们
成吉思汗,我与你
锁在同一条火链子上
绕着空荡荡的
北方的、和平的天空
疯狂地旋转

我的马,飞出了马厩
把它的自由交给了我
我不能辜负蒙古人种
我们锁在同一块岩石中
什么魔法把我们囚禁

我看见,一个牧羊人
囚禁在岩石中
囚禁在亚洲荒芜之地的一块岩石中
渐渐地他飞起来了
他渐渐地飞起来
带着那块亚洲的岩石飞起来

远、远、远、远、远、远、远、远、远
亚洲是我的锁链
一块岩石囚禁了人和马
人和马拖着这块岩石飞遍天空
即使人和马还有一部分是石头

而他们只看见石头在天空上乱飞

报仇雪恨的石头

抱着人和马,越飞越快

金帐汗国,九排弓箭手、十七排弓箭手

坐在太平洋的底部

低垂着眉毛,都已苍白

篷乱的头发

满脸胡子

遮住了这些平静的蒙古人的脸庞

皇帝坐在金帐中

用火和灰、用酒、用战争

皇帝永远看不见他们的表情

皇帝,我们的皇帝开口说话

"我不是你们的皇帝又是谁的皇帝

火或被残暴的豹手双爪棒上山巅

献给另一个比豹子更孤独的皇帝"

射穿天空的大弩

为什么握在这些人手中

这些在岩石中

睡了千万年的人
这些人，抱住了祖宗和子孙
这些洞穴中的吞火者
颇斜的羊骨遮住了山洞
暖意黄铜的日子，黄铜的战车
鲜血淋漓，多少日子，多么喜悦
我多么渴望在火中，调和血与酒
骨灰和不能熔化的几瓣心脏
落入酒中，打开地窖的大门
打开天空的大门
神鬼助我宝剑

成吉思汗
我们四个人在同一条链子上渡过天室
这世上最大的草原、太平洋、太阳和铁
链子锁住的石头结合着、壮大着
不能沉没的大陆
蒙古人种抱着马
一次次冲向大海
一万次布满太平洋
沿着太平洋，倾斜地立起，直刺天空

又冲向海底

太平洋底部

个永生的马头

安装在地穴,吐火之处

马头长在我的脖子上

为什么?为什么

这是……这是

过是冬天的海岸

多少海兽抱船沉没

在一种死而复活的气氛中

我发现我的马头在吐火

太平洋

太阳

太平洋

太阳在太平洋上

太阳照着太平洋

是天空

是不能置放种子,儿马和精液

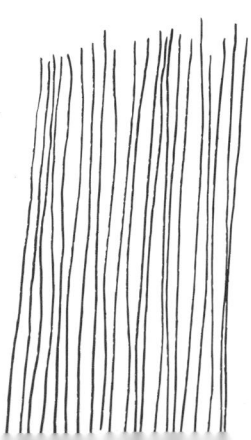

的东方空荡荡的中心

猎人
我是宇宙中的猎人
我是宇宙的现状：
我叫"第一人称现在时"

闪电和雷中的猎人
杀死了石头外表的猎人
用天空的火把
用云中狩猎
杀死了石头外表的猎人
却点燃了石头内部的猎人

点亮了，石头内部的猎人
我醒来，吃着，喝着，节奏着
我吃喝日夜，四季和十二月轮
反过来说
石头不是
世界的开始
是虚无。虚无中

原始只有

一种形式

它就是吃

吃还没有开始

世界全是天空

吃，一经开始

就是吃着的嘴

他秘密地说着

秘密地吃

虚无中出现了空气

空气突然化成了石头和水

石头围住了，他的说和吃

石头围住了天空

他秘密地说着，他秘密地吃

秘密一经走动，就是世界和我

他最亲密的伙伴是食物和言语

（附，类于天空中的猎人

关于云中猎人和他的狩猎过程

和他的吃,他的属性

他的众多名字,家族渊源

关于原始天空中一名原始猎人

有一个残存的史诗片断

抄在下面)

原 始 史 诗 片 断

(作为此《太阳》这段经文的补充部分)02 *

那时那刻那是猎人产生了这样的泪水

这样的景象

牛羊中一个人看见家乡

一个人看见,白雪走在血液上

马飞在路上

路很长……

开口说话的不是我也没有内容

天空上的狩猎进展顺利而迅速

在山谷,牲口之中

人类发出牲口的声音

具有人类放牧的

牲口的悲哀

铁匠说，铁也说

你不应悲哀

而应该悲痛

在那岩石破裂的火山口

天空走出火山口

灰烬落在你周围

这里在说话

边里在……

那个吐火的山口

天空化身为人

一个红色的猎手

火光中心的雨雪

山洞是他的头发

火是他的舌头和马

黑色和暴力的儿子

骑着狮子，抱着虎熊，与母豹成婚

在深不见底的岩穴内

土地向上涌

用火光照亮

黄金走出山顶洞

白骨变成人

阴暗的神的女人,一抱抱住他

放下了手中的野兽

03:铁砧上跳跃的火

他和母亲

和她们

逐一交配

他生铁铸造的吐火的铁头

横躺在嘴里

像马槽里的马

用嘴收走

他肉体已经熟透

就要在火中下雪

他剖开山腹

取出山腹中秘密谈话的人

取出他空空的内脏

取出那天空,那听不见

秘密的内容

从头顶扔出地心

把内脏从头顶

扔出地心

火光中心有雨雪

我的泪水

漫天漂落

04：猎人

在高山上

在天堂的

高山上

在高山中最高的山上

在高山中最高的山的顶子上

就是我们这个世界

就是我们这个世界最后一天

我们被一张火嘴收起

用黑暗蒙住我们的眼睛

用牛皮缝住

不让眼泪流出

这是世界的最后一天

所有的人都要相见
相见在一张铁砧上
周围是火焰簇拥

05

吃和
吃的嘴
包围母亲
也包围了
我的头骨
神与母马的头骨
吃火、吃鬼、吃粮食
追着太阳和黑暗空虚
吃草草结籽
吃水水长流
吃果果吐树
吃人人繁殖
生产我的头骨
天灵盖地虎＊＊
吃，在半坡埋下
多少饥饿

多少内心的空虚

长出一张嘴

听南风说话

以玉米为牙

一二三四五

六七八九十

长成了土地

肉滚滚

巨日一轮

物象原始

肉体之诗

命运让我喜悦

割下我的头颅

喂在嘴的腹部

白骨吱吱作响

星球残缺

神与马相似

生产我的头骨

巨大猎人乘坐我的头骨,飞过了……

飞过了……
飞过了海水
飞过了崇山峻岭
宇宙如巨马寂静
苍茫而饱满的马

苍茫而饱满的马
在黄昏、在黎明
多像我的白头骨
披上了金黄稻草
在原野之上飞翔

嘴和头骨
世界的洞穴
位于巨兽的尾部
繁殖力极强
风神十三姐妹,乳房十三
巨神三万六千,负地而行
……到此洞为止
装着兽油或伤药
由白发苍苍的世纪老人

采自山涧、美学，或毒龙的舌头

那只鹰抓过这位老人的头颅

放在她自己的篮子里

（第一段完）

难道我已把你……

把……把更为凄苦的灵感

把黑夜，这巨大的唱歌的车辆

饥饿说，你劈开吧，你劈吧

……紫色的硫磺之火焙烧过的土地

"嘴"说

那"食火的"说

我是火身上的一个洞

此洞叫做人

这人叫山顶洞人

垒起锅灶

饥饿是男人

嘴是女人

他们结婚了

在昏暗的洞中

抱在一起

有一大
铁砧,梦见自己
走在一具尸体上
按住了这具尸体
坐在上面变成头

06:铁匠

天空

射去的

天空

再不回头

扔下孤儿寡母
手握笨重的弓
坐在北方
荒凉的尽头

是在哪一个黑夜
伸出了岩石

又随闪电逃走

此时此刻

在村子东头

刀中睡入了第一位

铁匠

现在来说说那碎了的

那破碎的虽然破碎了

却是无法毁灭的

他在本性上是一个欢乐的人

是一个少年人

我现在说的是人类

他顶天立地地长着

很像一条道路

从大地走向天空

现在来说说那根通天的柱子

虽然有人说长在须弥山上

支撑着天空,是虚无的、光明的

一根火柱。但也有人说

那是赤着上身,正在打铁

村里打铁的李二

打出的一条令剑
当然也是立在山顶
的岩石之中

07：洞穴与屋子

黄昏嘴里吐出一口血，染红了他的脸
染红了他的枪
他的子官
十三颗头颅
排得像车轮
的轮辐一样

在远方，无头的人
喜悦地获得了头
把头颅抱进山洞
一夜无话
尝试了多少次
赶在日出之前
肩扛头颅，一颗铁砧
喜悦地走出山洞

十三颗头颅

排得像车轮

的轮辐一样

诗被压下去

黄昏的形式,和芬芳被压下去

在豹子出没的峡谷

豹子之子,七个黑孩子

为了喜悦,为了末日

而哭泣

……我头颅泼血行进

我是末日之火的一位旅伴

我是末日的旅伴

我不是琴甚至也不是人

我可能就是末日

我很有可能

就是末日

豹子之子,十三个黑猩猩喜悦地哭着

我不能劝他止住哭泣

我就是他就是我自己

我说得够清楚的了

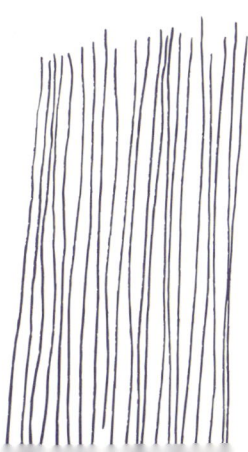

——呜姆姆姆姆姆姆姆姆
我的铁砧上
有万物末日的声音

夜 歌

天梯上的夜歌,天堂的夜歌

天梯上的夜歌
天堂的夜歌
夜歌歌唱了我
弓箭放下
我画出山坡
太阳放下弓箭
夜晚画出山坡
一群群哑巴
头戴牢房
身穿铁条和火
坐在黑夜山坡
一群群哑巴
高唱黑夜之歌

这是我的夜歌

这是我的夜歌
歌唱那些人
那些黑夜
那些秘密火柴
投入天堂之火

黑夜
年青而秘密
像苦难之火
像苦难的黑色之火
看不见自己的火焰
这是我的夜歌

黑夜抱着谁
坐在底部
烧得漆黑

黑夜抱着谁
坐在热情中

坐在灰烬和深渊
他茫然地望着我
这是我的夜歌

坐在天堂
坐在天梯上
看着这一片草原
属于哪一个国王
多少马
多少羊
多少金头箭壶
多少望不到边的金帐
如此荒凉
将我的夜歌歌唱

天堂里的流水声
（合唱部分）

在天堂里
大地只是一片苦树叶
珍藏在天堂

大海只是燃烧的泉水

只有一滴

而太阳是其中狩猎

和剥削的猎人

苦叶子

是那三千赤子之一

被那名为青春

的无头英雄

领着杀下天空

的三千赤子之一

在天堂

在夜歌中

一片苦叶子

和半根豹骨

我造人

男人和女人

在天堂相遇

在天堂的黄昏

転眼即是夜晚

在夜歌中相遇
扔下开天斧子
住进了天堂歌声
三个神明合上他的眼睛
住进一片苦树叶
没有他的树
没有他的树枝和树根
没有他的种子
没有他的父母
三个人扔下开天的斧子
住在其中
一片苦树叶就是大地的全部内容
也是他的形成和全部重量
也是幸福，也是地母，也是深渊和空虚
欢乐女神住在其中
一片苦叶子的幸福
大地不能承受
大地必然倾斜
只有一片苦叶子

珍藏大地的秘密

他的苦草根没有经历过死亡

没有人能在大地上

找到这一片名叫大地的树叶

这一片苦树叶住在天堂

大地不能承受，大地必然倾斜

这一片苦树叶住在天堂的合唱

左边是大海这一滴的泉水燃烧

右边是正在狩猎和剥皮的太阳

天梯上一位猎人的歌声：小叙事

太阳中的猎人

射死了石头

外表的猎人

点亮了石头内部的猎手

过就是我和我们

都是他的狩猎仪式

都是他的猎物牺牲

太阳剥了我的皮
削尖了我的骨头
砍成两截
白为昼,黑为夜
一截是黑暗
另一截是光明
紧跟其后

太阳猎人
剥下我的皮
坐在我皮上唱歌
忽然又和我变成了一个
太阳也把他内脏之火光
照亮在我的皮上
我们的皮紧紧拥抱着火
和光明和火无内也无外
太阳削尖我的骨头
从我的体内抽出
像抽出一把宝剑
像树叶,插在大地
我从这根被太阳

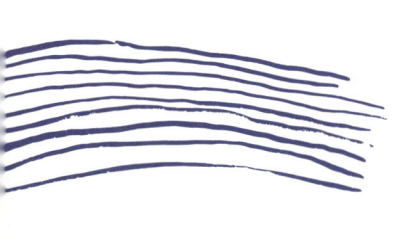

剥皮、砍断、削尖
的骨头上重新感到
一个新的我自己
无限痛楚的新自我
他叫"二十一"
一个叫"二十一"的陌生人
或者叫"二十一"的新自我
坐在天梯上唱歌：
我叫"二十一"
我是陌生人
我对他是陌生人
我对你是陌生人
我对我是陌生人

无限痛楚的新自我
痛楚近乎一种光明
我只是一根骨头
在无边寂静中
分开日夜，四根燃烧的泉水
照亮泉水中新的他和我
珍藏一片苦叶子

珍藏我的秘密

我只是我

新的我

只是一根削尖剥皮

的新的骨头

竖立在天梯之上

我竖立在我之上

我竖立在我头顶

一根新的骨头

竖在太阳那寂静的山坡

风向我吹来

这是天堂的风

这是天空上的风

这是天堂的合唱声

我参加在合唱队中

歌唱一个新的自我

无边寂静中

风向我吹来

海浪和尘土裹住我

我像空气中的寂静在正在成长

化身为人

我被太阳砍断

的两截又长在一起

给世界唱了一只新赞歌

我的夜歌

我开口歌唱我的夜歌

"心爱的火为我在天堂

在天堂的岩石上裸露着

在天堂我歌唱我的夜歌

饥饿成熟粮食就成熟"

"法官家族也终于进入了

沉默，进入了欢乐的曙光

还有黑暗之神也放着光芒"

小叙事；由天梯下层

一个旧我歌唱

刀剥开我

此刀剥开我

抱住我的内脏
刀抱着内脏
同飞往天上

犬,追着它们
愤怒而快乐
的女神之火
追着它们

女神之火
筑向无底的蓝天
追不上了
正在死亡的泥土搂抱住我
追不上了,他和旧我
急得嚷起来
火,追不上刀和内脏
这一对姐妹
坐在天堂
围着弓箭
苦树叶
和燃烧的泉水

刻划在一根骨头

追不上了,他急得嚷起来
这位神仙遇见人类
在这一天,回家告诉天堂
"这一天是好的"

我在火中·我在何方·告诉我

火,追着一把抱住我内脏的刀
(像母亲抱着女儿)
飞向天上

七只星宿
……琴和马
染红了泉水
我的内脏在天堂
变成了琴和马
染红了泉水·染红了
天堂的泉水不见那刀一把
琴的声音就是那刀

　　马也叫着，马也飞着
　　身下的天梯下的草原
　　　像绿色的血海流淌
　　我还是它们的主人吗
　　　　　　我在何方

　　　　　　琴和马
　　　又在草原头顶
　　　构筑弧形天空
　　　　天空多么高
　　又回到我的胸腔和腹部
　我在火中·火·还没有追上它们

　我没想到我在开向天空·我
新的我·现在·三张脸朝向三方
　　　　站在天空之上
　　我到达不应到达的高度
　　　没有倾听但是听见了
呜姆姆姆姆姆姆姆姆——万物的声音

　　　　　　　石头和天空

没有内容

也没有声音

只能为他取名

叫天空

石头感到

自己的内脏

一下子

突然空了

能看见，自己的头顶了

越来越远

自己腥臭的内脏

亮起来

空出来

越空越大

越大越空

被消灭了

被撕碎

被撒开

无边无际地

变成我

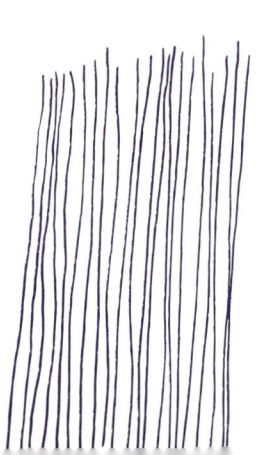

居住在世界的边缘

自我无数

不能沉默

不能躲开

一经走动

便无踪影

是过样的

天空这样

直截了当

一阵大笑

一片虚无

我们置身其中

炎热和寒冷

躲过他的一切：

火

闪电

风暴

雷霆

天堂

和太阳

我们必须

躲开这些

躲开这些

这第一次革命

大概，不会是

最后一次革命

简单的陈述中

它到底是什么

中间逃走的部分

主宰了我们

中间逃走的

有时回来

在深夜

坐着车子

大乘为火

小乘唯心

它到底是什么呢

有一天

这两块野蛮的石头

突然意识到

内脏被消灭了

有一个

还这样想

也许是逃走了

但肯定在逃走的路上

被消灭了

这种消灭

就是天空

消灭飞来

天空飞去

没有固定内容

也没有获得内容

它到底是什么

两块野蛮的石头

放走了它自己的飞鸟

它能理解吗

还能挽回吗

火（火囚在石中

就是人）

火、火（人类）

□与□联系

中间经过□□

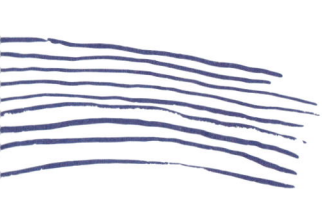

改造两块石头

使他成为人

内脏飞向天空

放心走上天梯

使两块石头

站立

变形

自己形成

以自我为中心

石头变人太可怕

同时击杀野蛮

主人和兽兄

也不能与他相遇

它到底是什么

它决不会

居住下来

另一块石头喃喃自语:

这野蛮之王

在天梯上说

我膝下无子

石窟空空

山腹中有

人在秘密谈话

天梯上也有

几乎没有听见的可能

它没有内容

火吃着石头

吃着

循环着

喂养着

我是食物

又是食者

在石头的

食谱和子孙中

人是其中软弱

的一种

火吃着石头

骑上了人

抓住了他的鬃毛

那就住下吧

这是故事里的话

与故事毫不相关

那就住下

总有一天

你自己的

陌生人会来敲门

人、人,火、火

以上画的

是两块岩石

保持了他

野蛮的牢房结构

"野蛮的石头集团的语言"

火的朋友,人类之友

面对这野蛮的统一性

那就住下吧

这是两块最好的岩石

保持沉默是不可能的

让我们从黑夜的道路

从泉水的道路,从大神的道路

走回到人的道路上来吧

我们离开得已太久太久

那破碎的虽然破碎了

却是无法毁灭的

羊儿,在山坡上吃草

他本性上是一个欢乐的人

少年人,住下来

石匠

金字塔

献给维特根斯坦

红色高原

荒无人烟

而金字塔指天而立

"如果这块巨石

此时纹丝不动

被牢牢楔入

那首先就移动

别的石头

放在它的周围"

世界是这样的

人类

在褐色高原

被火用尽

之后

就是这个样子

公式、石头

四面围起

几何形式

简洁而笨重

没有表面的灰尘

没有复杂的抒情

没有美好的自我

没有软弱的部分

黑色的火，沉默的、过去的、业已消逝的

不可说的

住在正中

消灭了阶级的、性别的、生物的

逻辑的大门五十吨石头没有僧侣

一切进入石头变得结实而坚硬

一切都存在

世界是这样的

一切存在的都是他的事实的主人公

风中突然飞入

太阳强大的车轮

是尖锐的、石头的、向天说话的、是本能的

世界是这样的

粘土固然消失

存在尚未到来

石头，发生

在数学中

一线光明

人类的本能是石头的本能

消灭自我后尽可能牢固地抱在一起

没有繁殖

也没有磨损

没有兄弟和子孙

也没有灰烬

事物巨大

事实简单

事件纯粹而精确

事情稳定

而石头以此为生

四肢全无

坐在大地

面朝天空

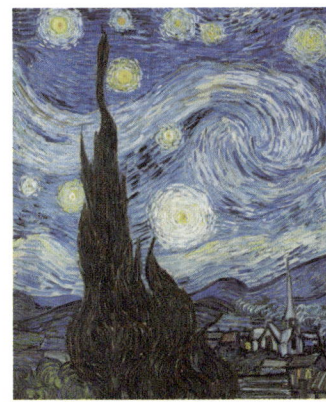

埃及的猎人

在高山上

什么也没有了

什么也没找到

世界之上

是天空

万有的天空

一阵沉默

又是一阵

沉默

埃及的猎人

在高山上

什么也没有了

什么也没找到

是石头和数学
把他找到
把他变成了
我认不出的
他坐在那里
一动不动
饥饿的石头、愤怒的石头
流进了他，成为他

天空万有，天空以万有高喊万有，召唤
人类的本能是石头的本能
人类的数学成为石头内部的人
四条底边正向东南西北，坐地朝天
天空在世界之上，一线光明
公式、石头与光
围在一起，中央是沉默的
金光闪烁的
逃走的大神
一堆石头和公式固步自封
一座无人的，火与逻辑的城
数学和石头是他的感情

世界是这样的

总是这样的

火是相同的

不管这次是为谁,吐出大火

不管烧毁的是谁

火总是相同的

火总是他自己

一卷经书

吐火

吐火后

一卷经书疲倦了,坐下来

成为石头

好像自己坐下自己离去

自己成了自己的座位

一卷经书如此疲倦

自己成了自己的石头大座

吐火的是我吗?一卷经书自问

一卷经书自问又繁殖,是我吗

骤然变成了七卷,经书不辨真伪

吐火的,逃往天上

地上荒无人居,石头疲倦

七卷经书不辨真伪

那从天空跌落的

人类的数学和书

成为石头内部的人

铁匠

打铁

"汉族的铁匠打出的铁柜中装满不能呼喊的语言"

我走进火中

陈述:

1. 世界只有天空和石头

2. 世界是我们这个世界

3. 世界是唯一的

附属的陈述:

1. a. 世界的中央是天空,四周是石头

b. 天空是封闭的,但可以进入

c. 这种进入只能是从天空之外进入天空

d. 从石头不可能飞越天空到另一块石

e. 天空行走者不可能到达天空中央

f. 在天空上行走是没有速度的行走

g. 在天空上行走越走越快，最后的速度最快是静止

h. 但不可能到达那种速度

i. 那就是天空中央

j. 天空中央是静止的

k. 天空中央的周围是飞行的

l. 天空的边缘是封闭的

m. 天空中间是没有内容的

n. 在天空上行走是没有方向的行走

o. 没有前没有后

p. 没有前进没有后退

q. 人类有飞在天空的愿望

r. 但不能实现

2. a. 人类保持在某种脆弱性之上

b. 人类基本上是一个野蛮的结构

c. "野蛮的石头集团的语言"

d. 天空越出人类正是由于它的浑然一体

e. 它与世界的浑然一体

f. 它的虚无性

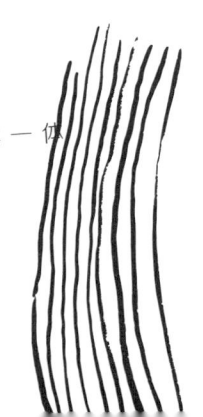

g．它都知道

h．它能忍受

i．我们感不到它的内容

j．它有一根固定的轴

k．它在旋转

l．轴心是实体

m．其他是元素

n．它的内容是生长

o．也就是变化

关于火的陈述：

1．没有形式又是一切的形式

2．没有居所又是一切的居所

3．没有属性又是一切的属性

4．没有内容又是一切的内容

5．互相产生

6．互相替代

7．火总是同样的火

8．从好到好

9．好上加好

10．不好也好

11. 对于火只能忍受

化身为人

——献给赫拉克利特和释伽牟尼
献给我自己
献给火

1. 这是献给我自己的某种觉悟的诗歌

2. 我觉悟我是火（被划掉）

3. 在火中心恰恰是盲目的，也就是黑暗

4. 火只照亮别人，火是一切的形式，是自己的形式

5. 火是找不到形式的一份痛苦的赠礼和惩罚

6. 火没有形式，只有生命，或者说只有某种内在的秘密

7. 火是一切的形式（被划掉）

8. 火是自己的形式（被划掉）

9. 火使石头围着天空

10. 我们的宇宙是球形，表面是石头，中间是天空

11. 我们身边和身上的火来自别的地方

12. 来自球的中心

13. 那空荡荡的地方

（一）

1. 这是注定的
2. 真理首先是一种忍受
3. 真理是对真理的忍受
4. 真理有时是形式，有时是众神
5. 真理是形式和众神自己的某种觉悟的诗歌

6. 诗歌是它自己
7. 诗歌不是真理在说话时的诗歌
8. 诗歌必须是在诗歌内部说话
9. 诗歌不是故乡
10. 也不是艺术
11. 诗歌是某种陌生的力量
12. 带着我们从石头飞向天空
13. 进入球的内部

（二）

1. 真理是一次解放
2. 是形式和众神的自我解放

二

形式A，形式B，形式C，形式D

1. 形式A是没有形式
2. 宗教和真理是形式A
3. 形式B是纯粹形式
4. 形式C是巨大形式
5. 巨大形式是指我们宇宙和我们自己的边界
6. 就是球的表面，和石头与天空的分界线
7. 形式D是人

（三）形式B是纯粹形式

1. 形式B只能通过形式D才能经历
2. 这就是化身为人
3. 我们人类的纯粹形式是天空的方向
4. 是在大地上感受到的天空的方向
5. 这种方向就是时间
6. 是通过轮回进入元素
7. 是节奏
8. 节奏

（四）形式C是巨大的形式

1. 这就是大自然
2. 是他背后的元素
3. 人类不能选择形式C
4. 人类是偶然的
5. 人类来自球的内部
6. 也去往球的内部
7. 经过大自然
8. 光明照在石头上
9. 化身为人
10. 大自然与人类互相流动
11. 大自然与人类没有内外

（五）形式D是人

1. 真理是从形式D逃向其他形式（形式ABC）

疯公主
背后是雪白的光
这儿非常热
它站在那儿，一动不动

光不断从它背后照射出来

光束越来越粗

啊……我快要支持不住了

把我救出去

让我离开这里

把我救出去啊……我的双手

没有任何知觉了。

啊呀！我的手，我的脚，我的腿呀

……我的手颤抖得厉害

我的脚也颤抖……哎哟……

啊，我开始感到有些凉快了

哎哟……我的手啊，啊！我的手真……

我的面前出现了一堆火

像是一小堆火在燃烧

我不知道那是什么

我的双手感到很疼痛

……好像烧着了

（大鸟不见了

在它原先站立的地方

有一小堆火,火光逐渐变暗
发出红色的光亮,最后
变成了一堆带有红色余火的灰
那堆火渐渐地灭了,只剩下一些
现在,我感到冷了
我感到冷了
发着红光的碳块般的东西……
暗红——灰白——带有暗红色斑点的
(一堆火
……火渐渐地熄灭下去——
灰烬变成了一条粗大的
灰褐色的、陶土似的虫子)
呀!看上去像一条虫子
又粗又大的虫子

*　　　*　　　*

这一夜
天堂在下雪
整整一夜天堂在下雪
相当于我们一个世纪天堂在下雪

这就是我们的冰川纪

冰河时期多么漫长而荒凉

多么绝望

而天堂降下了比雨水还温暖的大雪

天梯上也积满了白雪

那是幸福的大雪

天堂的大雪

天堂的大雪纷纷

充满了节日气氛

这是诞生的日子

天堂有谁在诞生

天堂的大雪一直降到盲人的眼里

这是天堂里的合唱队

由九个盲人组成

两个国王　七个歌手

这九个盲人坐在天堂

变成了合唱队九长老

两个希腊人

两个中国人

两个德国人

一个英国人

一个拉美人

一个印度人

天堂的大雪一直降到盲人的眼里

充满了光明

充满了诞生的光明

高声地唱起来,

长老们长老们

合唱队的歌声、在天堂的大雪

(盲目的颂歌

在盲目中见到光明的颂歌)

(名称为"视而不见"的合唱队由以下这些人组成:

持国、俄狄普斯、荷马、老子、阿炳

韩德尔、巴赫、弥尔顿、博尔赫斯)***

第四稿就写到这里,未完成

* 本诗从序号02开始,显无01

文中也无04，大概是"片断"的意思
**　京剧《智取威虎山》中土匪黑话
***　海子《弥赛亚》(《太阳》中天堂大合唱)

图书在版编目（CIP）数据

海子的诗：面朝大海，春暖花开 / 海子著 . — 西安：西安出版社，2021.8
ISBN 978-7-5541-5152-5

Ⅰ . ①海… Ⅱ . ①海… Ⅲ . ①诗集－中国－当代 Ⅳ . ① I227

中国版本图书馆 CIP 数据核字（2021）第 040345 号

海子的诗：面朝大海，春暖花开
HAIZI DE SHI：MIANCHAO DAHAI，CHUNNUAN HUAKAI

作　　　者	海子
出版发行	西安出版社
社　　　址	西安市曲江新区雁南五路 1868 号影视演艺大厦 11 层
电　　　话	（029）85253740
邮政编码	710061
印　　　刷	北京市松源印刷有限公司
开　　　本	880mm×1230mm　1/32
印　　　张	9.25
字　　　数	64 千
版　　　次	2021 年 8 月第 1 版
印　　　次	2021 年 8 月第 1 次印刷
书　　　号	ISBN 978-7-5541-5152-5
定　　　价	48.00 元

△ 本书如有缺页、误装，请寄回另换

海子的诗

出版人 屈炳耀

出品 沐读图书

策划编辑 暖暖 米多

责任编辑 徐妹 何岸

责任校对 王瑜

装帧设计 果丹